EU, VOCÊ e a GAROTA que vai morrer

Jesse Andrews

EU, VOCÊ e a GAROTA que vai morrer

Tradução de Ana Resende

FÁBRICA231

Título original
ME AND EARL AND THE DYING GIRL
A NOVEL

Este livro é uma obra de ficção. Nomes, personagens, lugares e incidentes são produto da imaginação da autora ou foram usados de forma fictícia. Qualquer semelhança com pessoas reais, vivas ou não, estabelecimentos comerciais, acontecimentos ou localidades é mera coincidência.

Copyright do texto © 2012 *by* Jesse Andrews

Todos os direitos reservados. Nenhuma parte desta obra pode ser reproduzida ou transmitida por qualquer forma ou meio eletrônico ou mecânico, inclusive fotocópia, gravação ou sistema de armazenagem e recuperação de informação, sem a permissão escrita do editor.

FÁBRICA231
O selo de entretenimento da Editora Rocco Ltda.

Direitos para a língua portuguesa reservados
com exclusividade para o Brasil à
EDITORA ROCCO LTDA.
Av. Presidente Wilson, 231 – 8º andar
20030-021 – Rio de Janeiro – RJ
Tel.: (21) 3525-2000 – Fax: (21) 3525-2001
rocco@rocco.com.br
www.rocco.com.br

Printed in Brazil/Impresso no Brasil

preparação de originais: Ana Issa

CIP-Brasil. Catalogação na fonte.
Sindicato Nacional dos Editores de Livros, RJ.

A581e   Andrews, Jesse
         Eu, você e a garota que vai morrer/Jesse Andrews; tradução de Ana Resende. – 1ª ed. – Rio de Janeiro: Fábrica231, 2015.

         Tradução de: Me and earl and the dying girl: a novel
         ISBN 978-85-68432-18-1

         1. Romance norte-americano. I. Resende, Ana. II. Título.

15-20306   CDD–813
                                                               CDU–821.111(73)-3

Para Schenley, que não é do colégio Benson

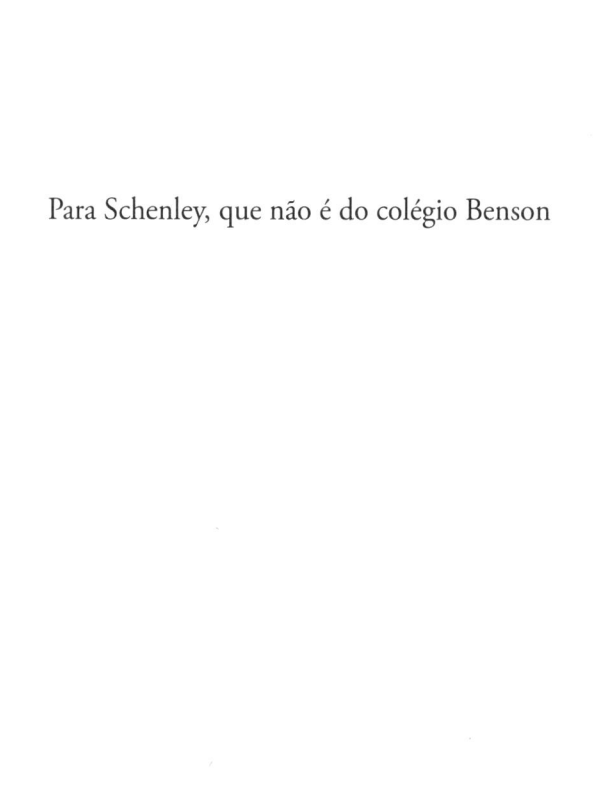

UMA OBSERVAÇÃO DE GREG GAINES, AUTOR DESTE LIVRO

Não faço ideia de como escrever este livro idiota.

Será que posso simplesmente ser sincero com vocês por um segundo? Esta é a verdade literal. Quando comecei a escrever o livro, tentei iniciar com a frase "Era o melhor dos tempos, era o pior dos tempos". Eu pensei mesmo que podia começar o livro deste jeito. Simplesmente achei que fosse uma frase clássica para o começo de um livro. Mas, então, não consegui nem imaginar como deveria continuar. Fiquei olhando para o computador durante uma hora e foi tudo o que pude fazer para não ter um megassurto. Desesperado, tentei mexer na pontuação e usar itálico, tipo:

"Era o *melhor* dos tempos? *E* era o pior dos tempos?!!"

Que diabos isso quer dizer? Por que alguém sequer pensaria em fazer isso? Ninguém pensaria, a menos que estivesse com um fungo que comesse o cérebro, o que provavelmente eu tinha.

A questão é: eu não faço ideia do que estou fazendo com este livro. E a explicação é que eu não sou escritor. Sou cineasta. Então, agora provavelmente vocês estão se perguntando o seguinte:

1. Por que este cara está escrevendo um livro, em vez de fazer um filme?

2. Será que isso tem a ver com essa história aí do fungo e do cérebro?

Resposta

1. Estou escrevendo um livro em vez de fazer um filme porque parei de fazer filmes para sempre. Para ser mais preciso, eu parei depois de fazer o Pior Filme do Mundo. Normalmente a intenção é parar depois de fazer a melhor coisa que você pode fazer – ou, melhor ainda, depois de morrer –, mas fiz o contrário. Um breve resumo da minha carreira seria assim:

   I. Muitos filmes ruins
   II. Um filme medíocre
   III. Alguns filmes legaizinhos
   IV. Um filme decente
   V. Dois ou três filmes bons
   VI. Uns filmes muito bons
   VII. O pior filme do mundo

   Fin. Será que o filme é muito ruim? Ele matou uma pessoa, é ruim nesse nível. Causou uma morte de verdade. Vocês vão ver.

2. Vamos dizer que, se um fungo estivesse comendo meu cérebro, isso explicaria um monte de coisas, ainda que o fungo tivesse que estar comendo meu cérebro por basicamente toda a minha vida. Mas, nessa altura, é possível que já tenha ficado entediado e ido embora, ou morrido por desnutrição ou coisa assim.

Na verdade, eu quero falar sobre outra coisa antes de começarmos com este livro sem assunto algum. Vocês já podem ter percebido que é sobre uma garota com câncer. Então há uma chance de pensarem: "Sensacional! Vai ser uma história sábia e perspicaz sobre amar, morrer e crescer. Provavelmente vai me fazer chorar literalmente o tempo todo. Já estou muito *empolgado!*" Se essa é uma representação fiel dos seus pensamentos, talvez vocês devessem jogar este livro na lixeira e, então, sair correndo. É o seguinte: *eu não sei absolutamente nada sobre a leucemia da Rachel*. Pra ser sincero, talvez eu tenha me tornado até *mais idiota* sobre as coisas da vida por causa dessa história toda.

Na verdade, não estou contando isso direito. Meu problema é: este livro contém zero Importantes Lições de Vida, zero Fatos sobre o Amor que Poucos Sabem, e zero Momentos em que nós Sabíamos que Tínhamos Deixado a Infância para Trás de uma vez – ou coisas assim, sentimentais e melosas. E, ao contrário da maioria dos livros nos quais uma garota tem câncer, definitivamente não há parágrafos de uma frase só, paradoxais e açucarados, que vocês deveriam achar profundos porque estão em itálico:

O câncer lhe tirara seus olhos, mas ela via o mundo com mais claridade do que nunca.

Nojento. Esqueçam isso. Pra mim, as coisas não adquiriram mais sentido porque eu conheci a Rachel antes de ela morrer. Na melhor das hipóteses, as coisas têm *menos* sentido. Tudo bem?

Então acho que deveríamos simplesmente começar.

(Eu acabo de perceber que vocês podem não saber o que significa "*fin*". É um termo de cinema. Especificamente, é a palavra francesa para "o filme acabou, o que é bom, porque provavelmente eu fiz uma tremenda confusão pra vocês, porque ele foi feito por franceses".)

O *fin* é pra valer desta vez.

Capítulo 1

COMO É POSSÍVEL EXISTIR NUM LUGAR TÃO BOSTA

Então, para entender tudo que aconteceu, vocês têm que partir da premissa de que o colegial é uma droga. Vocês concordam com essa premissa? Claro que concordam. É uma verdade universalmente reconhecida que o colégio é uma droga. Pra falar a verdade, o colégio é o local onde nós somos apresentados, pela primeira vez, à pergunta existencial básica na vida: **como é possível existir num lugar tão bosta?**

Na maior parte do tempo, o fundamental é uma droga pior ainda, mas ele é tão patético que eu nem consigo reunir forças e escrever sobre isso; portanto, vamos nos concentrar só no colegial.

Muito bem. Permitam que eu me apresente: Greg S. Gaines, 17 anos. No período descrito neste livro, eu era aluno do último ano no colégio Benson, no adorável centro de Pittsburgh, Pensilvânia. E antes que a gente faça mais alguma coisa, temos que examinar o Benson e as maneiras específicas nas quais o colegial é uma droga.

Então, o Benson fica na fronteira entre Squirrel Hill, um bairro rico, e Homewood, um bairro que não é rico e atrai o mesmo número de alunos dos dois bairros. Na televisão, normalmente são os garotos ricos que detêm o controle do colegial;

mas a maioria dos garotos verdadeiramente ricos de Squirrel Hill vai para o colégio particular da região, a Shadyside Academy. Aqueles que ficam são poucos para impor qualquer tipo de ordem. Quer dizer, ocasionalmente eles tentam, e isso tende a ser mais adorável do que qualquer outra coisa. Como quando a Olivia Ryan surta por causa da poça de urina que aparece em uma das escadas, na maioria dos dias, entre 10:30 e 11 horas, gritando pra quem observa, numa tentativa insana e equivocada de tentar descobrir quem fez aquilo. Dá vontade de dizer: "Liv! O meliante provavelmente não voltou à cena do crime. Xixi Malvado[1] já foi embora há muito tempo." Mas mesmo que você diga isso, provavelmente ela não vai parar de surtar. E, de qualquer forma, a minha opinião é que surtar não tem efeito mensurável sobre coisa alguma. É como quando um gatinho tenta morder algo para matar. É evidente que o gatinho tem o instinto assassino e o sangue-frio de um predador, mas, ao mesmo tempo, ele é essa coisinha fofa, e tudo que você quer é enfiá-lo numa caixa de sapatos e fazer um vídeo para os seus avós assistirem no YouTube.

Então os garotos ricos não são o grupo alfa da escola. O seguinte grupo alfa mais provável seria o dos garotos da igreja: eles são completos, e definitivamente estão interessados em dominação escolar. No entanto, aquela força – a vontade de dominar – também é sua maior fraqueza, porque passam muito tempo tentando convencer você a sair com eles, e o modo como tentam fazer isso é convidando você para a igreja. "Temos *cookies* e jogos de tabuleiros", dizem eles, ou coisa assim: "Acabamos de pegar o *set-up* do Wii!" Alguma coisa nisso sempre parece um pouco fora de tom. E, no fim, você entende: estas *mesmas e exatas frases* também são ditas pelos predadores.

---

[1] Referência a P. Diddy (Sean Combs), diretor da gravadora Bad Boys Records. (N. do P.O.)

Por isso, as crianças da igreja também não podem ser o grupo alfa. A tática delas simplesmente é sinistra demais. Em muitas escolas, os atletas seriam uma boa aposta para chegar ao trono, mas, no Benson, praticamente a maioria é formada por negros e muitos brancos têm medo deles. Quem mais está lá pra liderar as massas? Os inteligentes? Conta outra. Eles não têm interesse em política. Torcem simplesmente para atrair a menor atenção possível até o colegial acabar. Então, podem escapar para alguma faculdade, onde ninguém vai zombar deles por saberem para que serve um advérbio. O pessoal do teatro? Minha nossa, ia ser um massacre sangrento. Eles seriam encontrados mortos, depois de apanhar bastante com os próprios exemplares de *O maravilhoso mágico de Oz* com as páginas dobradas. Os chapados? Excesso de falta de iniciativa. Membros de gangues? Muito raramente estão na área. Os garotos da banda? Seria a mesma coisa dos garotos do teatro, mas, por alguma razão, ficaria mais triste ainda. Os retardados góticos. Impossível até pensar nisso.

Então, no topo da hierarquia social do colégio Benson, tem um vazio. O resultado: caos.

(Embora seja melhor eu dizer que estou usando categorias excessivamente simplistas aqui. Existem grupos múltiplos e separados entre os inteligentes, os ricos, os atletas etc.? Sim. Tem um monte de grupos que não são facilmente rotulados porque são apenas coleções soltas de amigos sem uma característica única para defini-los? Sim também. Quer dizer, se vocês quisessem, eu poderia simplesmente mapear a escola inteira, com rótulos nerds, como "Subgrupo 4c dos Calouros Afro-americanos de Classe Média", mas tenho certeza que ninguém quer que eu faça isto. Nem mesmo os membros do Subgrupo 4c dos Calouros Afro-americanos de Classe Média [Jonathan Williams,

Dajuan Williams, Donté Young e, até que ele ficou muito foda no trombone, no meio do primeiro ano, Darnell Reynolds].)

Há um bando de grupos, todos correndo pelo controle e consequentemente todos eles querendo se matar uns aos outros. E então o problema é que, se você é parte de um grupo, todo mundo fora desse grupo quer matar *você*.

Mas o negócio é o seguinte. O problema tem solução: obtenha acesso a todos os grupos.

Eu sei. Eu sei. Parece loucura. Mas foi exatamente o que eu fiz. Eu não me *juntei* a nenhum grupo, sabe. Mas obtive acesso a todos eles. Os inteligentes, os ricos, os atletas, os chapados. Os garotos da banda, os garotos do teatro, os garotos da igreja, os retardados góticos. Eu poderia entrar em qualquer grupo de garotos e nem sequer um deles ia piscar um olho. Todo mundo costumava olhar para mim e pensar: "Greg! Ele é um de nós." Ou talvez algo mais, como: "Esse cara está do nosso lado." Ou, ao menos: "Greg é um cara no qual eu *não* vou jogar catchup." Isso foi uma coisa tremendamente difícil de fazer. Pense nas complicações:

1. Infiltrar-se em qualquer um dos grupos deve ficar escondido da maioria, senão de todos, os outros. Se os ricos virem você conversando amigavelmente com os góticos, a comunidade confinada atrás de portões fecha as portas para você. Se os garotos da igreja perceberem você cambaleando para fora do carro dos maconheiros, encoberto pela fumaça, como se estivesse saindo da sauna, seus dias de deixar respeitosamente de falar aquela palavra que começa com "F" no porão da igreja terão acabado. E se um atleta, que Deus não permita, for testemunha dos seus passeios com os garotos do teatro, na mesma hora ele vai imaginar que você é gay, e não há força na Terra maior que o medo que atletas têm de homossexuais. Nada. É como o temor judaico dos nazistas, só que é o contrário em relação a quem está batendo em quem. Então acho que é mais como o medo nazista dos judeus.

2. Você não pode se envolver muito profundamente em qualquer grupo. É consequência do ponto um, anteriormente. Em vez disso, tem que ficar pelas margens, sempre. Faça amizade com os góticos, mas em nenhuma circunstância se vista como eles. Participe da banda, mas evite os encontros de uma hora na sala deles, depois da aula. Apareça na sala de recreação ridiculamente bem-vestido, mas evite qualquer atividade na qual alguém fale ativamente sobre Jesus.

3. Na hora do almoço, antes da aula e em todas as horas em público, você deve ser absurdamente discreto. Quer dizer, esqueça a hora do almoço. O almoço é quando pedem que você demonstre sua fidelidade a um grupo ou outro ao sentar-se com eles para que todos vejam ou... que Deus não permita isso, quando algum pobre-diabo pede que você se sente com ele que nem mesmo *faz parte* de um grupo. Não que eu tenha algo contra garotos que não têm grupo, obviamente. Eu estou do lado deles, pobres coitados. Na selva do Benson, controlada por chimpanzés, eles são os aleijados, que se arrastam no solo da floresta, incapazes de escapar às provocações e tortura dos outros. Pode sentir pena deles, sim; ficar amigo deles, nunca. Fazer amizade com eles é compartilhar o seu destino. Eles tentam atrair você dizendo coisas como: "Paradinho, por favor, enquanto eu golpeio você nas suas pernas, para que você não possa correr quando nós formos atacados por Aqueles que Mordem."

Sério, sempre que você estiver com um bando de grupos misturados, tem que se afastar o máximo possível. Na aula, na hora do almoço, onde for.

A essa altura, vocês devem estar se perguntando: "Mas e quanto aos seus amigos? Você não pode ignorar seus amigos se assiste à aula com eles." Ao que eu tenho que responder: talvez vocês não tenham prestado atenção. Toda a *questão* aqui é que você não pode fazer amizade com alguém. Essa é a tragédia e o triunfo de todo o jeito de ser do qual eu estou falando. **Você não pode ter a vida típica do colegial.**

Porque a questão é: a vida típica do colegial é uma bosta.

Vocês também podem estar se perguntando: "Greg, por que você está detonando os garotos que não fazem parte de grupos?" Parece que *você é* basicamente um garoto sem grupo. Vocês têm razão, um pouco. A questão é que eu não fazia parte de um grupo, mas também estava em todos. Então, não podem realmente me descrever como alguém sem grupo.

Sinceramente, não há uma palavra boa para o que eu estou fazendo. Durante algum tempo, eu me considerei um praticante de Espionagem no Colegial, mas, ultimamente, esse também foi um termo enganoso demais. Fazia parecer que eu me esgueirava por aí e que tinha relações sexuais proibidas com italianas voluptuosas. Mas o Benson *não tem* italianas voluptuosas. A coisa mais próxima disso que nós temos é a srta. Giordano, no gabinete do diretor, e ela é meio gorda e tem cara de papagaio. Além disso, ela faz essa coisa que as mulheres fazem, às vezes, com as sobrancelhas: simplesmente raspam tudo e desenham sobrancelhas novas num lugar diferente e esquisito com caneta ou coisa assim, e quanto mais você pensa nisso, mais seu estômago começa a revirar e você tem vontade de arranhar a própria cabeça.

Essa é literalmente a única vez que a srta. Giordano vai aparecer neste livro.

Vamos seguir em frente.

Capítulo 2

O PRIMEIRO DIA DO ÚLTIMO ANO EM CONVENIENTE FORMATO DE ROTEIRO

Então acho que deveríamos começar com o primeiro dia do último ano. Que, pra falar a verdade, estava incrível, até a minha mãe se meter na história.

Quer dizer, "incrível" é um termo relativo. Minhas expectativas eram baixas, obviamente. Talvez "incrível" seja uma palavra forte demais. A frase deveria ser: "Eu estava agradavelmente surpreso com o fato de o primeiro dia do último ano não me fazer querer surtar e me esconder no meu armário fingindo estar morto."

O colégio sempre é estressante e, então, o primeiro dia de qualquer ano é especialmente insano porque os locais de encontro foram realinhados. Eu não comentei, no capítulo anterior, que os tradicionais grupos dos Ricos, Atletas, Inteligentes, do Pessoal do Teatro etc. estão subdivididos também por ano: os calouros retardados e góticos vivem com terror ressentido dos veteranos retardados e góticos, os calouros inteligentes são indiferentes e desconfiam dos outros alunos inteligentes etc. Por isso, quando uma turma avança, todos os locais que eles costumam ocupar estão à disposição, e consequentemente as coisas sempre ficam estranhas.

Sobretudo, isso ocupou a minha manhã. Eu cheguei estupidamente cedo para ver como as coisas iam ser, e já havia alguns garotos marcando seu território. Esses tendiam a ser os representantes dos grupos mais sacaneados.

INT. CORREDOR EM FRENTE À BIBLIOTECA - MANHÃ

JUSTIN HOWELL está parado perto da porta da biblioteca, nervoso, na esperança de requisitá-la para os garotos do teatro. Anda de um lado para o outro, murmurando O TEMA DE *RENT* OU, TALVEZ, de *CATS*. Com alívio visível, ele percebe que GREG se aproxima.

                    JUSTIN HOWELL
        nitidamente aliviado pelo fato de não ser um
        atleta, membro de gangue ou outra pessoa que
        vai chamá-lo de viado na mesma hora
Ah, oi, Greg.

                    GREG GAINES
Justin, bom ver você.

                    JUSTIN HOWELL
Bom ver você. Greg, como foi o seu *verão*?

                      GREG
Foi quente e chato, e eu não consigo acreditar que já acabou.

                    JUSTIN HOWELL
HÁ, HÁ, HÁ, HÁ, HÁ, HÁ, HÁ, HÁ, HÁ.
OH, HÁ, HÁ, HÁ, HÁ, HÁ, HÁ, HÁ, HÁ, HÁ, HÁ, HÁ, HÁ, HÁ, HÁ.

Esta PIADA aparentemente inócua fez com que Justin Howell perdesse completamente a cabeça. Talvez seja a ANSIEDADE-DESTRUIDORA-DE-MENTES por estar de volta ao colégio.

Enquanto isso, esta não era bem a resposta que Greg esperava obter. Ele pretendia dizer alguma coisa simpática e fácil de esquecer. Agora, DÁ DE OMBROS, fica se mexendo de um JEITO ESQUISITO e tenta evitar OLHAR NOS OLHOS, o que costuma fazer quando as pessoas riem de uma coisa que ele disse.

                    JUSTIN HOWELL
        movendo as sobrancelhas até ficarem com um formato estranho
HÁ, HÁ, HÁ, HÁ, HÁ, HÁ, HÁ, HÁ, HÁ, HÁ, HÁ, HÁ, HÁ, HÁ, HÁ.

A SRA. WALTER, a bibliotecária, chega. Olha de cara feia para os dois garotos. Ela é quase que definitivamente ALCOÓLATRA!

                    JUSTIN HOWELL
Olá, sra. Walterrrr.

                    SRA. WALTER
        com desagrado
Urgh.

                    JUSTIN HOWELL
Greg que é *engraçado demais*.

                    GREG
Muito bem, homem, vejo você mais tarde.

Obviamente eu não ia entrar na biblioteca e ter um demorado encontro com Justin Howell, pelas razões que já expliquei a vocês. Era hora de seguir em frente.

INT. CORREDOR EM FRENTE À SALA DA BANDA - MANHÃ

LAQUAYAH THOMAS e BRENDAN GROSSMAN ainda não conseguiram entrar na sala da banda. Apesar de não terem instrumentos, estão estudando algumas PARTITURAS. Dá pra ver que eles estão fazendo isso para mostrar a todo mundo que são tão bons em música que podem apenas se sentar e ler partituras.

                BRENDAN GROSSMAN
Gaines, você está na orquestra este ano?

                    GREG
            desculpando-se
Não deu pra encaixar.

                BRENDAN GROSSMAN
O quêêêê?

                LAQUAYAH THOMAS
            incrédula
Mas você ia ficar com os tímpanos neste ano! *Agora* quem é que vai tocar os tímpanos?

                    BRENDAN GROSSMAN
                tristemente
Vai ser o Joe DiMeola.

                         GREG
É, provavelmente é o Joe. Ele é melhor percussionista
que eu, de qualquer jeito.

                    LAQUAYAH THOMAS
Joe deixa as baquetas todas suadas.

                         GREG
É porque ele fica muito *concentrado*.

INT. AUDITÓRIO - MANHÃ

Dois veteranos retardados e góticos, SCOTT MAYHEW e ALLAN MCCORMICK estão acampados em alguns assentos perto dos fundos e jogam Magic Cards. GREG entra cautelosamente, os olhos se movendo de um lado para o outro. O auditório talvez seja o local mais valioso do colégio. É altamente improvável que esta pequena colônia gótica sobreviva às ONDAS DE ATLETAS, PESSOAL DO TEATRO E MEMBROS DE GANGUE que, sem dúvida, vão chegar no fim da manhã.

                         GREG
Olá, cavalheiros.

                    SCOTT MAYHEW
Bom-dia para você.

ALLAN McCORMICK
piscando rapidamente e com força, sem motivo
Sim, bom-dia.

Os garotos retardados e góticos estão muito abaixo na hierarquia social, mas, ao mesmo tempo, é praticamente impossível infiltrar-se em seus grupos. Talvez seja *porque* eles estão tão baixo na hierarquia. São enlouquecidamente desconfiados de todos que tentam conversar com eles. Isso porque, basicamente, todas as suas características são alvos do ridículo: o amor por elfos e dragões, os sobretudos e os cabelos compridos, que eles não penteiam, ou os cabelos talvez-bem-penteados-demais, o hábito de caminhar rápido enquanto respiram com força pelo nariz... Fazer com que aceitem você, sem que você *se torne* realmente um retardado gótico, é difícil.

Na verdade, eu meio que sinto certa simpatia porque entendo totalmente a visão de mundo deles. Eles odeiam o colégio, assim como eu. Estão constantemente tentando fugir dele em vez de viver num mundo de fantasia onde podem passar todo o tempo caminhando pelas montanhas, acertando as pessoas com espadas sob a luz sinistra de oito luas diferentes ou coisa assim. Algumas vezes, eu sinto que, num universo alternativo, poderia ter *sido* um deles. Sou gordinho e pálido, e fico completamente louco em situações sociais. E, pra ser sincero, atacar as pessoas com espadas é o máximo.

Era isso que eu estava pensando durante algum tempo, agachado ali com eles no auditório. Mas então eu percebi uma coisa:

SCOTT MAYHEW, após muita deliberação, joga uma CARTA com o título de "Horda dos Mortos-Vivos".

                    ALLAN McCORMICK
　Fala um palavrão

                         GREG
　Scott, grande horda.

　Percebi que eu nunca poderia *realmente* viver uma vida onde tivesse que constantemente fazer coisas, como elogiar a horda de um cara.
　Isso fez com que eu me sentisse melhor comigo mesmo.
　Não demorou tanto assim para, com todo respeito, eu sair de lá correndo.

INT. ÁREA DIANTE DA ESCADA NA PARTE SUL - MANHÃ

Todos os quatro integrantes do "SUBGRUPO 4C DE CALOUROS DE CLASSE MÉDIA AFRO-AMERICANOS" estão posicionados perto das portas. Enquanto isso, um aluno solitário do segundo ano do pessoal da igreja, IAN POSTHUMA, espalha suas coisas pelo corredor e, sombriamente, aguarda REFORÇOS.

　Esta é uma clássica situação na qual você tenta envolver o menor número possível de pessoas, porque se parecer que você é parte de um grupo, o outro grupo vai perceber e o excluirá. Quer dizer, ser excluído pelo pessoal da igreja do segundo ano não seria a pior coisa do mundo, mas meu único objetivo na vida é não ser excluído por *alguém*. Houve épocas nas quais esse objetivo parecia ser o objetivo de um idiota? Sim. Mas, sinceramente, diga um objetivo de vida que não pareça, às vezes, completamente idiota. E até ser presidente é uma bosta total, se você realmente pensar nisso.

GREG acena discretamente com a cabeça para IAN POSTHUMA. Então a BOLA DE BORRACHA que JONATHAN WILLIAMS andava jogando contra superfícies aleatórias ricocheteia num dos DENTES DE GREG.

Em anos anteriores, não teria havido meio digno de lidar com isso. O grupo que jogava bola teria dado risadas estridentes, e meu único curso de ação teria sido me afastar com passos bruscos, provavelmente enquanto continuava a apanhar.

Mas, bem rápido, ficou claro que neste ano as coisas seriam diferentes.

Em vez de dar graças a Deus pelo fato de que a bola quicou nos DENTES DE GREG, JONATHAN WILLIAMS enfia a cabeça na camiseta, envergonhado.

DARNELL REYNOLDS
visivelmente aborrecido
Eu *falei* que você ia bater em alguém.

DONTÉ YOUNG
O cara é veterano.

JONATHAN WILLIAMS
resmungando
Me desculpe.

GREG
Está tudo bem.

DAJUAN WILLIAMS dá um empurrão em Jonathan Williams

DONTÉ YOUNG
limpando uma das unhas
Não dá pra ficar jogando, merda.

Basicamente ser um veterano significa que, se as pessoas jogam coisas nos seus dentes, foi um acidente. Em outras palavras, ser veterano é incrível.

Todas as manhãs, antes da escola, e depois, durante todo o dia, foi assim que as coisas aconteceram. Era meio que um dia perfeito, nesse sentido. Passei alguns minutos no estacionamento com um bando de garotos estrangeiros mal-humorados, conduzidos por Nizar, o Sírio Sinistro, depois dei "oi" para o time de futebol, e este ano ninguém tentou apertar e machucar meus mamilos. Dave Smetters, que todo mundo sabia que era maconheiro, começou a me contar uma história comprida e dolorosamente sem sentido sobre o verão dele, mas logo se distraiu com uns pássaros, e foi nesse ponto que eu escapei. Vonta King tentou me fazer sentar com ele na frente da sala 318, por isso eu fingi que estava a caminho de uma reunião com um professor, e ele aceitou a história sem argumentar. E etc. e tal.

Além disso, a certa altura eu quase atropelei um dos peitos de Madison Hartner. Os peitos dela estão praticamente na altura dos meus olhos.

Capítulo 3

VAMOS APENAS ELIMINAR ESTE CAPÍTULO CONSTRANGEDOR

Quanto aos objetivos deste livro desgraçado, tenho que falar rapidamente sobre as garotas, então vamos ver se podemos fazer isso sem que eu me soque no olho.

Vamos começar pelo início: a garotas gostam de caras com boa aparência, e eu não tenho aparência muito boa. Pra falar a verdade, meio que pareço um pudim. Sou extremamente pálido e estou um pouco acima do peso. Tenho cara de rato e minha visão ruim me faz forçar bastante a vista. Finalmente, tenho o que foi diagnosticado como rinite alérgica crônica, o que soa interessante, mas, basicamente, apenas significa um problema constante de nariz escorrendo. Não consigo mesmo respirar pelo nariz, por isso, na maior parte do tempo, a minha boca fica aberta, o que dá uma aparência de imensa burrice.

Em segundo lugar: as garotas gostam de caras confiantes. Com isso em mente, leia, por favor, o parágrafo anterior. É difícil ser confiante quando você se parece com um roedor em forma humana, balofo, cegueta, com problemas mentais e que põe o dedo no nariz.

Em terceiro lugar: minha tática com as garotas precisa funcionar.

Tática fracassada com as garotas N⁰ 1: Eu não gosto de você.
No quarto ano, percebi que eu gostava de garotas. E não tinha ideia do que devia fazer com elas, claro. Apenas meio que queria ter uma, como uma posse ou coisa assim. E de todas as alunas do quarto ano, Cammie Marshal definitivamente era a mais gostosa. Por isso eu fiz Earl ir até a Cammie no parquinho para dizer: "Greg não gosta de você. Mas ele tem medo de que você goste dele." Eu estava parado a uns dois metros dela quando Earl fez isso. A esperança era que Cammie dissesse: "É segredo, mas eu gosto muito de Greg e quero ser a namorada dele." Em vez disso, ela falou:

– Quem?

– Greg Gaines – falou Earl. – Ele está parado bem ali.

Os dois se viraram para olhar para mim. Tirei o dedo do nariz e acenei. Foi então que percebi que o meu dedo tinha estado dentro do meu nariz.

– Não – falou Cammie.

As coisas realmente não melhoraram a partir daí.

Tática fracassada com as garotas N⁰ 2: Insultar sem parar.
Cammi obviamente era muita areia pro meu caminhão. Mas a melhor amiga dela, Madison Hartner, também era bem gostosa. No quinto ano, imaginei que Madison estivesse seca por atenção, já que Cammie era tão gostosa. (Nota: Olhando para trás, aos 17 anos, fica difícil entender como uma garota de 10 anos poderia ser gostosa. Mas na época fazia todo o sentido.)

De qualquer forma, com Madison eu usei uma tática que tinha visto funcionar para outros alunos do quinto ano: insultos. Insultos maldosos e constantes. Insultos que nem faziam sentido: eu a chamava de Avenida Madison Hartner, sem saber o que era a avenida Madison. *Bad-ison. Fat-ison.* Precisei de um tempo, mas no fim, descobri Madison *Fartner*, o que fez alguns dos outros garotos rirem, por isso, eu usei o tempo todo.

A questão era que eu era implacável. Fui longe demais. Disse para ela que ela tinha um cérebro minúsculo, de dinossauro, e um segundo cérebro, na bunda. Falei que a família dela não jantava, apenas se sentava à mesa e peidava, uns para os outros, porque eram burros demais para saber o que era comida. A certa altura eu até liguei para a casa dela e disse que ela lavava o cabelo com vômito.

Sabe, eu era um idiota. Não queria que as pessoas achassem que eu gostava de alguém, por isso resolvi dar a impressão de que odiava mesmo, de verdade, a Madison Hartner. Sem razão. Só de pensar nisso eu tenho vontade de socar o meu olho.

Finalmente, depois de uma semana, chegou o dia em que eu a fiz chorar – era alguma coisa sobre uma boca melecada, esqueci os detalhes – e a professora me deu o equivalente, no ensino fundamental, a uma ordem de restrição. Eu a aceitei em silêncio e não voltei a falar com Madison durante cinco anos. Até hoje, Aquela Semana em que Greg Esteve Cheio de Ódio inexplicável por Madison permanece um mistério não solucionado.

Minha nossa.

Tática fracassada com as garotas Nº 3: A Distração. Então, minha mãe me fez frequentar a escola judaica até o meu *bar mitzvah*. Foi carne de pescoço e eu não quero falar sobre isso. No entanto, a escola judaica teve uma coisa boa: uma proporção incrível entre meninos e meninas. Havia apenas outro garoto na minha turma, Josh Metzger, e seis garotas. O problema: apenas uma das garotas, Leah Katzenberg, era gostosa. O outro problema: Josh Metzger era meio que bonitão. Ele tinha cabelo crespo e descolorido por causa da natação. Também era mal-humorado e falava pouco, o que me fazia ter medo dele e, ao mesmo tempo, o tornava muito atraente para as garotas. E até as nossas professoras costumavam flertar com ele. Na escola judaica, a maioria das professoras era solteira.

De qualquer forma, no sexto ano, foi a vez de jogar charme para a Leah Katzenberg. Para conquistá-la – preparem-se para um recorde de burrice –, decidi que tentaria deixá-la com ciúmes. Especificamente, flertando com Rachel Kushner, uma garota de aparência comum, com grandes dentes e cabelo mais crespo que o de Josh Metzger. Rachel Kushner também não era alguém com quem fosse especialmente interessante conversar, pois ela falava lentamente, mesmo, e nunca parecia ter alguma coisa a dizer.

A única coisa boa era que ela pensava que eu era o cara mais engraçado do mundo todo. Eu podia fazê-la rir com, literalmente, qualquer coisa: imitando as professoras, ficando vesgo, fazendo a dança da Galinha Pintadinha. Isso era incrível pra autoestima. Infelizmente, não era incrível para as meninas como Leah Katzemberg, que rapidamente começou a pensar que Rachel e eu éramos um casal fofinho e, um dia, após a escola judaica, ela nos disse exatamente isso.

Subitamente, eu tinha uma namorada. E não era a namorada que eu queria.

Nas palavras de Nizar, o garoto do intercâmbio do Benson mais mal-humorado e que menos-falava-inglês: "Merda, caralho, que porra é essa."

No dia seguinte, informei a Rachel pelo telefone que eu queria ser "apenas amigo".

– Tudo bem – falou ela.

– Ótimo – retruquei.

– Você quer dar uma passada aqui? – perguntou ela.

– Hum – falei. – Meu pé ficou preso na torradeira. – Era uma idiotice, mas nem preciso dizer que isso fez com que ela desse uma tremenda risada.

— Fala sério, você quer dar uma passada aqui? — Ela repetiu a pergunta depois de literalmente rir sem parar por trinta segundos.

— Primeiro, eu tenho que resolver essa história da torradeira — falei. Depois, sabendo que não havia meio de seguir naquela conversa, desliguei.

Essa piada durou dias, depois, semanas. Algumas vezes, quando ela telefonava, eu dizia que estava colado na geladeira; outras vezes, eu tinha acidentalmente me soldado a uma viatura da polícia. Comecei a incluir os animais: — Eu tenho que enfrentar alguns tigres raivosos — ou — Estou digerindo um vombate neste exato momento. — Nem mesmo fazia sentido. E, finalmente, Rachel parou de achar tão engraçado assim.

— Greg, fala sério — começou a dizer. — Greg, se você não quer me ver, basta me *falar*. — Mas, por algum motivo, eu não era capaz de dizer a ela. Teria me sentido muito mal. A parte idiota era que o que eu estava fazendo era *muito* pior. Mas eu não percebia isso na época.

Eu apenas soquei meu próprio olho.

A escola judaica ficou incrivelmente estranha. Rachel parou de querer falar comigo, mas isso não ajudou com a Leah, de modo algum. Quer dizer, é óbvio. Ela pensou que eu fosse um tremendo babaca. Na verdade, posso tê-la ajudado a se convencer de que *todos* os garotos eram babacas porque não foi muito depois do fiasco com Rachel que Leah virou lésbica.

Tática fracassada com as garotas N.º 4: Elogiar os peitos. No sétimo ano, Mara LaBastille tinha peitos maravilhosos. Mas nunca é uma boa ideia elogiar os peitos de uma garota. Eu tive que aprender do jeito difícil. Além disso, por alguma razão, é bem pior chamar atenção para o fato de que há dois peitos. Não sei por quê, mas é verdade. "Você tem belos peitos." Ruim. "Você tem dois belos peitos." Pior. "Dois peitos? Perfeito." Reprovado.

Tática fracassada com as garotas Nº 5: O Cavalheiro. A família de Mariah Epp se mudou para Pittsburgh no oitavo ano. Quando ela foi apresentada, no primeiro dia de aula, eu fiquei superanimado. Ela era bonitinha, parecia inteligente e o melhor é que não fazia ideia do meu comportamento ridículo perto de garotas. Eu sabia que tinha que agir rápido. Naquela noite, eu desisti e perguntei pra minha mãe o que as garotas queriam realmente.

– As garotas gostam de cavalheiros – explicou ela. Minha mãe falava meio alto. – Uma garota gosta de receber *flores* de vez em quando. – Ela olhou de cara feia para o meu pai. Era o dia seguinte ao aniversário dela ou coisa assim.

Então, no segundo dia de aula, vesti um terno e levei uma rosa de verdade para a escola, que eu dei para Mariah antes do primeiro tempo de aula.

– Seria uma honra e um prazer acompanhá-la até um quiosque de sorvete no fim de semana – falei, com sotaque britânico.

– *Seria* – falou ela.

– Greg, você parece um frutinha – falou Will Charruthers, um atleta que estava por perto.

Mas funcionou. Inacreditável! Nós, na verdade, saímos para passear. Nós nos encontramos num lugar em Oakland, e comprei sorvete, nós nos sentamos, e eu pensei que, dali em diante, era assim que minha vida ia ser, e ia ser foda.

Foi quando começou A Conversa.

Meu Deus, aquela garota sabia falar. Ela podia continuar por quilômetros. Invariavelmente era sobre os amigos que eu não conhecia, lá em Minnesota. Era apenas sobre isso que ela queria conversar. Ouvi centenas de horas de histórias sobre essas pessoas e, como eu estava agindo como um cavalheiro, não me era permitido dizer: "Isso é um saco" ou "Eu já ouvi essa".

E assim o problema foi que a tática do cavalheiro funcionou bem *demais*. As expectativas eram ridículas. Eu tinha que usar minhas melhores roupas todos os dias, pagar pelas coisas constantemente, passar horas no telefone todas as noites etc. E para quê? Definitivamente, não era sexo. Cavalheiros não pegam por aí. Não que eu realmente soubesse, na época, o que *era* pegar por aí. Além disso, eu tinha que continuar falando naquele estúpido sotaque britânico, e todo mundo pensou que eu estivesse com lesão cerebral.

Por isso eu tinha que pôr um ponto final naquilo. Mas como? Obviamente, ser sincero e dizer: "Mariah, se passar o tempo com você significa gastar muito dinheiro e ouvir você falar, então não vale a pena", não era uma opção. Eu considerei uma campanha para fazê-la surtar de tanto falar, de repente apenas sobre dinossauros, ou talvez até fingir *ser* um dinossauro, mas eu não tinha coragem de fazer isso também. Era um imenso problema.

Então, do nada, Aaron Winer salvou o dia. Ele a levou a um filme e agarrou Mariah na última fila. No dia seguinte, na escola, *eles* eram namorados. Bam! Problema resolvido. Eu fingi estar chateado com isso, mas, na verdade, fiquei tão aliviado que comecei a rir histericamente na aula de história e tive que pedir licença para ir à enfermaria.

E foi isso. Durante o colégio eu nem me preocupei com garotas ou com táticas para garotas. Sinceramente, a coisa com Mariah me curou completamente de querer ter uma namorada. Se ia ser daquele jeito, que se danasse.

Capítulo 4

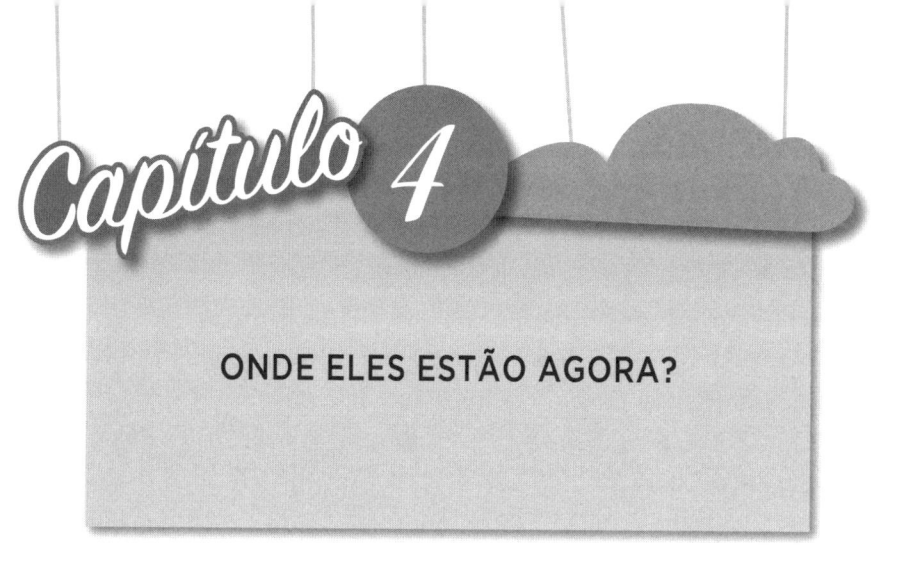

ONDE ELES ESTÃO AGORA?

Cameron "Cammie" Marshall agora é capitã da Liga de Matemática. Ela ainda tem uma mochila da Hello Kitty, o que pode não ser ironia. Com certeza, não é mais a gostosa da turma, embora eu ache que ela não se importa realmente tanto assim.

Madison Hartner está muito gostosa e provavelmente namora um dos jogadores do Pittsburgh Steelers, ou coisa assim.

Leah Katzenberg tem cabeça raspada e um monte de metal enfiado em várias partes do rosto, e quatro dos cinco professores de inglês do Benson desistiram de tentar fazê-la ler livros escritos por homens.

Mara LaBastille e seus dois peitos igualmente fenomenais foram para um colégio diferente.

Mariah Epps faz teatro agora. Ela tem um grupo de acompanhantes gays, incluindo Justin Howell, e (caralho!) eles falam um bocado.

Rachel Kushner teve leucemia mieloide aguda no último ano.

Capítulo 5

A GAROTA QUE VAI MORRER

Eu descobri sobre a leucemia da Rachel assim que cheguei em casa.

Então, só para repetir, o primeiro dia do último ano tem sido, se não incrível, inesperadamente não horrível. Todo mundo, de Olivia Ryan, rica e de nariz empinado, a Nizar, o Sírio Sinistro, pensou que eu era OK, e ninguém estava ativamente planejando a minha derrocada. Isso não tinha precedentes. Além do mais, em geral, as coisas eram bem menos estressantes, agora que não havia alunos mais velhos para espremer sachês de mostarda na minha cabeça ou na mochila. Isso é o que é ser aluno do último ano. Meus professores falavam um monte de merda sobre como o período ia ser difícil, mas, no último ano, você percebe que todos os professores dizem isso todo ano, e que estão sempre mentindo.

Minha vida chegou ao ponto mais alto. Não tinha como saber que, pouco depois que minha mãe entrasse em casa, o melhor momento da minha vida teria acabado.

INT. QUARTO DO GREG - DIA

GREG está sentado na cama. Ele acaba de chegar da escola e está tentando ler *Um conto de duas cidades* para a aula, mas é difícil manter a concentração porque, dentro da calça, o PAU dele está DURO SEM EXPLICAÇÃO. Uma imagem de PEITOS, no LAPTOP DE GREG, aberto ao lado, não está melhorando as coisas. Ouve-se uma BATIDA à porta.

       MAMÃE
    em off
Greg? Querido? Posso entrar e conversar com você?

       GREG
    baixinho
Merda, merda, merda.

       MAMÃE
    entrando no quarto enquanto GREG tira a proteção de tela do computador, ostensivamente
Querido, como vai?

MAMÃE se agacha diante da cama com os braços cruzados. As sobrancelhas estão franzidas, ela tem um vinco na testa e está olhando Greg nos olhos, sem piscar. Tudo isso é um sinal seguro de que ela está prestes a pedir a Greg que faça ALGO IRRITANTE.

O PAU INEXPLICAVELMENTE DURO DE GREG está em plena retirada.

                    MAMÃE
        de novo
    Querido? Está tudo bem?

                    GREG
    O quê?

                    MAMÃE
        depois de um longo silêncio
    Eu tenho notícias muito tristes para você, querido.
    Sinto muito.

CLOSE da expressão confusa de Greg enquanto ele considera quais poderiam ser as notícias. PAPAI não está em casa. Será que a universidade o demitiu? Ou talvez, desde sempre, ele tenha tido uma vida de agente duplo como um CRIMINOSO? E agora que ele foi descoberto, a família tem que voar para uma ILHA remota no Caribe, onde viverão numa pequena cabana com um telhado de zinco enferrujado e UM BODE DE VERDADE? E vão ter GAROTAS NATIVAS com metades de cocos nos peitos e saias feitas de folhas? Ou isso é o Havaí? Greg está errado ao pensar no Havaí.

                    GREG
    OK.

                    MAMÃE
    Eu estava no telefone com Denise Kushner. A mãe de Rachel, sabe? Você conhece a Denise?

                    GREG
    Não muito.

                    MAMÃE
Mas você é amigo da Rachel.

                    GREG
Um pouco.

                    MAMÃE
Vocês dois tinham, tipo, um lance, certo? Ela era sua namorada?

                    GREG
              sentindo-se inquieto
Isso foi, tipo, seis anos atrás.

                    MAMÃE
Querido, Rachel foi diagnosticada com leucemia. Denise acabou de saber.

                    GREG
Ah.
          depois de um breve silêncio
É grave?

                    MAMÃE
         começando a chorar um pouquinho
Ah, querido. Eles não sabem. Estão fazendo os exames, e vão fazer tudo que puderem. Mas simplesmente não sabem.
          inclina-se para a frente
Docinho, sinto muito sobre isso. Não é justo mesmo. Não é *justo*.

GREG
parecendo ainda mais idiota
Hum... isso é uma merda.

MAMÃE
Você está certo. Você está absolutamente certo. Isso é uma merda.
de modo apaixonado, e também bizarro, pois os pais não dizem que as coisas são uma merda
É uma merda mesmo. É uma *merda*, de verdade, de verdade.

GREG
ainda lutando para encontrar algo apropriado para dizer, e sem conseguir
Isso, hum, é simplesmente uma merda... muito grande.
acredita que se continuar falando, talvez diga alguma coisa que não seja uma idiotice?
É uma merda grande e fedida.
minha nossa, pensa
Cara.

MAMÃE
perdendo o controle
É uma *merda*. Você tem *razão*. É uma merda tão grande. Greg. Ah, meu bebezinho. É muita merda.

GREG, sentindo-se absurdamente estranho, sai da cama para o chão e tenta abraçar MAMÃE, que vai para a frente e para trás, apoiada na ponta dos pés, chorando. Eles dão um ABRAÇO AGACHADO por um tempo.

CLOSE da expressão confusa e meio vazia de GREG; é óbvio que ele está aborrecido, mas, na verdade, o que irrita realmente é que ele não está tão triste quanto mamãe - nem de longe - e se sente culpado e meio ressentido com isso. Será que a mãe conhece Rachel tão bem assim? Não. Por que a mãe está TÃO SURTADA com isso? Mas, ao mesmo tempo, por que Greg não está mais surtado? Será que ele é uma pessoa ruim por não chorar por causa disso? Greg tem uma premonição de que isso vai se transformar em algo REALMENTE IRRITANTE E DEMORADO.

MAMÃE
finalmente chorando menos
Docinho, agora a Rachel vai precisar mais do que nunca dos amigos.

GREG
Humm.

MAMÃE
de novo, energicamente
Agora *mais* do que nunca! Sei que é difícil, mas você não tem escolha. É uma *mitzvah*.

"Mitzvah" é a palavra hebraica para "tremenda dor de cabeça".

GREG
Humm.

MAMÃE
Quanto mais tempo você passar com ela, assim, sabe, maior diferença você pode fazer na vida dela.

                        GREG
Humm.

                        MAMÃE
É uma *bosta*. Mas você tem que ser forte. Tem que ser um *bom amigo*.

Sem dúvida, era uma bosta. Que diabos eu deveria fazer? Como as coisas poderiam ficar melhores se eu telefonasse e finalmente me oferecesse para sair com ela? O que eu teria para dizer? "Ei, ouvi dizer que você tem leucemia. Parece que você precisa de uma receita de emergência... para Greg-acil." Eu nem sabia, para começo de conversa, o que era leucemia. E voltei a abrir o computador.

Foi então que, por um ou dois segundos, minha mãe e eu ficamos olhando para os peitos.

                        MAMÃE
            enojada
Urgh, Greg!

                        GREG
Como foi que eles apareceram aí?

                        MAMÃE
Me deixa perguntar uma coisa: você realmente gosta de olhar para isso? Eles parecem tão falsos.

                        GREG
Você sabe o que é isso? Eles, humm, têm esses anúncios *pop-up* no Facebook, que são basicamente apenas por-

nografia... eles simplesmente aparecem ao acaso, às vezes...

                    MAMÃE
Peitos de verdade não se parecem com balões de água.

                    GREG
É uma propaganda.

                    MAMÃE
Greg, não sou idiota.

Então, no fim das contas, a leucemia é o câncer das células do sangue. É o tipo de câncer mais comum entre adolescentes, embora o tipo específico que Rachel teve – leucemia mieloide aguda – não seja o tipo normal entre os garotos. "Aguda" significa que a leucemia basicamente veio do nada e está evoluindo muito rápido, e "mieloide" tem a ver com a medula óssea. Em linhas gerais, o sangue e a medula da Rachel foram invadidos por células de câncer agressivas, que se moviam rapidamente. Eu a imaginava em minha mente, com os dentes grandes e o cabelo crespo, sob esse ataque microscópico e invisível, com todas essas coisas malucas flutuando em suas veias. Agora eu estava ficando preocupado de verdade. Mas, em vez de chorar, eu meio que queria vomitar.

                    GREG
Todo mundo sabe disso?

                    MAMÃE
Acho que a família da Rachel está mantendo isso em segredo, por enquanto.

GREG
assustado
Então, eu não deveria saber disso?

MAMÃE
agindo um pouco estranhamente
Não, querido. Está tudo bem se você souber.

GREG
Mas por quê?

MAMÃE
Ora, eu estava conversando com a Denise. E, sabe, concluímos que você era alguém que poderia fazer Rachel se sentir melhor.
começando a se impacientar
Rachel pode mesmo precisar de um amigo, querido.

GREG
OK.

MAMÃE
Ela pode mesmo precisar de alguém para fazê-la rir.

GREG
OK. OK.

MAMÃE
E eu simplesmente acho que se você passar algum tempo...

                    GREG
OK. OK. *Minha nossa.*

Mamãe lança um olhar triste e emotivo a Greg.

                    MAMÃE
Está tudo bem em ficar chateado.

Capítulo 6

TELESSEXO

Eu fiquei sentado ali, paralisado pela questão sobre o que dizer. O que você pode dizer a uma pessoa que está morrendo? Que, talvez, nem soubesse que você sabia que ela estava morrendo. Fiz uma lista de frases para começar e nenhuma delas pareceu ser boa o suficiente.

Frase para começar:
Oi, é o Greg. Quer dar uma volta?
Resposta provável:
Rachel: Por que você quer dar uma volta comigo assim de repente?
Greg: Porque não temos muito tempo sobrando para dar uma volta.
Rachel: Então você acaba de ter vontade de dar uma volta comigo porque estou morrendo?
Greg: Eu apenas quero ter um pouco de tempo-com-Rachel! Você sabe como é! Enquanto ainda dá.
Rachel: Provavelmente esta é a conversa mais insensível que eu já tive com alguém.
Greg: Hora de recomeçar.

Frase para começar:
Oi, é o Greg. Soube da sua leucemia e estou telefonando pra fazer você se sentir melhor.
Resposta provável:
Rachel: Por que você telefonaria pra me fazer sentir melhor?
Greg: Porque...! Humm. Não sei!
Rachel: Você só está me lembrando de todas aquelas horas em que nunca quis sair comigo.
Greg: Minha nossa.
Rachel: Neste exato minuto, você está acabando com os últimos dias da minha existência. É isso que está fazendo.
Greg: ...
Rachel: Eu só tenho mais uns dias na Terra, e você está esfregando seu vômito nesses dias.
Greg: Merda, me deixa tentar isso.

Frase para começar:
Oi, é o Greg. Você, eu e um pouco de macarrão chegamos a três.
Provável resposta:
Rachel: Hein?
Greg: Eu e você temos um encontro. No estilo do Greg.
Rachel: O quê?
Greg: Presta atenção. Os dias que nos restam um com o outro são poucos e preciosos. Vamos recuperar o tempo perdido. Vamos ficar juntos.
Rachel: Ai, meu Deus, isso é tão romântico.
Greg: ...
Greg: Droga.

Não há apenas uma boa maneira de fazer isso. Minha mãe estava me pedindo para retomar uma amizade que não tinha uma base sincera e que terminara com estranhas palavras gritadas. Como você faz isso? Não consegue fazer.

– Alô? Quem é? – falou a mãe de Rachel no telefone. Ela parecia agressiva e meio como se estivesse latindo como um cachorro. Esse era o comportamento normal da sra. Kushner.

– Humm, oi, é o Greg – falei. Então, por algum motivo, em vez de pedir o número da Rachel, eu falei: – Como vai a senhora?

– Gre-e-e-eg – deixou escapar lentamente a sra. Kushner. – Estou be-e-e-m. – Pronto. Em um segundo, o tom de voz dela tinha mudado completamente. Este era o lado que eu nunca vira, nem que esperava ver um dia.

– Isso é ótimo – falei.

– Greg, como vai vo-o-cê? – Agora ela estava usando a voz que as mulheres normalmente reservam para os gatos.

– Humm, bem – falei.

– E como vai o colé-é-é-é-gio?

– Apenas tentando acabar – falei, depois percebi imediatamente que coisa tremendamente idiota era dizer isso para alguém cuja filha tinha câncer e quase desliguei. Mas então ela falou:

– Greg, você é tão engraçado. Você sempre foi um garoto engraçado.

Parecia que estava sendo sincera, mas ela não riu. Isso estava ficando mais estranho do que eu temia.

– Eu liguei para, talvez, pegar o número da Rachel – falei.

– Ela... iria... *adorar*... ter notícias suas.

– É – concordei.

– Ela está no quarto neste minuto, está apenas esperando, à toa.

Eu não tinha ideia do que dizer daquela frase. No quarto dela, apenas esperando à toa? Esperando por mim? Ou pela morte? Meu Deus, isso é sinistro. Tentei dar uma virada positiva nisso.

– Vivendo intensamente – falei.

Essa foi a segunda coisa insensível, de socar o cérebro, que eu tinha dito em uns trinta segundos, e, de novo, pensei em fechar o telefone celular e comê-lo.

Mas:

– Greg, você tem um tal *senso de humor* – informou-me a sra. Kushner – Nunca deixe que elas tirem isso de você, está bem? Sempre mantenha o seu senso de humor.

– Elas? – falei, assustado.

– As pessoas – retrucou a sra. Kushner. – O mundo inteiro.

– Humm – falei.

– O mundo tenta derrotar você, Greg – anunciou a sra. Kushner. – Eles simplesmente querem destruir sua vida e tirá-la de você. – Eu não tinha resposta para isso, e então falei: – Eu nem sei o que eu estou *dizendo*.

A sra. Kushner perdera. Era hora de surfar na onda ou me afogar num mar de loucura.

– Aleluia – falei. – Oremos.

– Oremos. – Ela deu um gritinho. Na verdade, cacarejou: – Greg!

– Sra. Kushner!

– Pode me chamar de Denise – falou ela, de modo assustador.

– Beleza! – falei.

– Aqui está o número da Rachel – falou Denise, me deu o número, e, graças a Deus, foi isso. Quase me fez ficar aliviado por poder falar com a minha meio-que-um-pouco-mas-não-de-verdade-ex-namorada sobre sua morte iminente.

– Oi, é a Rachel.

– Oi, é o Greg.

– Oi.
– Ei.
– ...
– Eu telefonei para o médico, e ele disse que você precisava de uma receita de Greg-acil.
– E isso é o quê?
– Sou eu.
– Ah.
– Humm, vem numa conveniente forma de cápsulas de gelatina.
– Ah.
– Pois ééé.
– Então acho que você ouviu dizer que estou doente.
– Pois ééé.
– Minha mãe contou pra você?
– Humm, mamãe contou.
– Ah.
– Então, humm.
– O quê?
– O quê?
– O que você vai dizer?
– Humm.
– Greg, o que foi?
– Ora, eu liguei... pra saber... se você queria dar uma volta.
– Agora?
– Humm, claro.
– Não, obrigada.
– Humm... você não quer sair?
– Não. De qualquer forma, obrigada.
– Bem, talvez depois então.
– Talvez depois.

– OK, humm... tchau.
– Tchau.

Eu desliguei me sentindo o maior babaca do mundo. De alguma maneira, a conversa foi 100% como eu estava esperando; ainda assim, ela conseguiu me pegar desprevenido. E, por falar nisso, esse tipo de fiasco esquisito era o que sempre acontecia quando a minha mãe tentava se meter na minha vida social. Permitam-me observar aqui que é aceitável que as mães tentem cuidar da vida social dos filhos quando as crianças estão no jardim de infância ou coisa que o valha. Mas a minha mãe não parou de marcar encontros para mim até eu chegar ao nono ano. A pior parte disso foi saber que as únicas outras crianças de 12 ou 13 anos cujas mães marcavam encontros eram as que tinham desordens mentais moderadas ou graves. Não vou entrar em detalhes sobre essas coisas, mas vamos apenas dizer que isso criou um trauma emocional e, provavelmente, foi um motivo para eu passar tanto tempo surtando e me fingindo de morto.

De qualquer modo, o que você vê é apenas parte de um amplo padrão de interferência-na-vida-de-Greg-por-mamãe. Sem sombra de dúvida, ela foi o maior obstáculo entre mim e a vida social que eu tentei descrever antes: uma vida sem amigos, inimigos ou bizarrices.

Acho que deveria apresentar minha família. Por favor, me desculpem se for uma bosta.

Capítulo 7

A FAMÍLIA GAINES: UM RESUMO

Mais uma vez, vamos tentar acabar com isso o mais rápido possível.

Dr. Victor Gaines: Meu pai, professor de história antiga na universidade Carnegie Mellon. Nenhum ser humano é mais esquisito do que o dr. Victor Quincy Gaines. Minha teoria sobre o papai é que ele era o rei das festas nos anos 1980, e drogas e álcool praticamente destruíram a fiação do cérebro dele. Uma das suas coisas favoritas é se sentar numa cadeira de balanço na sala de estar, se balançar para trás e para a frente e fitar a parede. Em casa, ele costuma usar um *muumuu*, que é basicamente um lençol com buracos cortados, e fala com o gato, Cat Stevens, como se fosse um ser humano de verdade.

É difícil não sentir inveja do papai. Ele dá aula, no máximo, para duas turmas por semestre, normalmente uma, e isso parece ocupar um percentual muito pequeno da semana. Algumas vezes dão a ele o ano inteiro para escrever um livro. Papai tem pouca paciência com a maior parte dos outros professores com quem trabalha. Ele acha que reclamam demais. E passa muito tempo em lojas de comidas exóticas no distrito de Strip, conversando com os donos e comprando produtos animais obscuros que ninguém mais na família vai comer, feito tripa de iaque, salsicha de avestruz e lula seca.

A cada dois anos, papai deixa a barba crescer, e isso faz com que ele fique parecido com um membro do Talibã.

Marla Gaines: E essa é a minha mãe, Marla, ex-hippie. Mamãe teve uma vida muito interessante antes de se casar com meu pai, mas os detalhes estão guardados cuidadosamente. Sabemos que ela morou em Israel, em algum momento, e suspeitamos que ela pode ter tido um namorado da família real saudita, o que seria uma história e tanto porque ela é judia. Na verdade, Marla Weissman Gaines é *muito* judia. Ela é a diretora-executiva da Ahavat Ha'Emet, uma ONG que envia adolescentes a Israel para trabalharem num *kibutz* e perderem a virgindade. Eu deveria mencionar que a parte de perder a virgindade não é tecnicamente o objetivo da Ahavat Ha'Emet. Só estou dizendo que você não sai de Israel sem transar. Poderia usar uma fralda de 20 centímetros de largura de titânio presa na sua pélvis e ainda assim, de alguma maneira, você ia transar. Deveria ser o slogan oficial do turismo: **"Israel, Onde a Virgindade Vai para Morrer."**™

Israelenses transam.

De qualquer modo, minha mãe é uma mulher muito amorosa, e deixa meu pai fazer o que bem entende, mas também é uma mulher com força de vontade e opiniões próprias, especialmente no que se refere às questões-de-certo-e-errado, e quando ela decide que algo é a coisa certa a fazer, faz essa coisa. Não tem "se", "e" ou "mas". Para o bem ou para o mal. A gente goste ou não. Essa característica, na mamãe, é uma tremenda dor de cabeça, e, basicamente, arruinou a minha vida, tal como eu a conheci, além da vida do Earl... Valeu, mãe.

Gretchen Gaines: Gretchen é a minha irmã mais nova, mais velha. Tem 14 anos, o que significa que qualquer tipo de interação normal com ela está fadada ao fracasso. A gente costumava ser como bons amigos, mas garotas de 14 anos são psicóticas. Os interesses principais dela são gritar com a mamãe e não comer o que tiver para o jantar.

Grace Gaines: Grace é a minha irmã mais nova, mais nova. Tem 6 anos. Gretchen e eu temos certeza absoluta de que Grace foi um acidente. Incidentalmente, você deve ter percebido que todos os nossos nomes começam com "Gr" e não parecem nem um pouco judaicos. Uma noite, minha mãe tomou um pouco demais de vinho e contou pra todos nós que, antes de nascermos, e depois que ela se deu conta de que os filhos dela teriam o sobrenome-não-tão-judeu do meu pai, ela decidiu que queria que todos nós fôssemos "judeus de surpresa". Ou seja, judeus com nomes anglo-saxões sugestivos. Eu sei, não faz sentido. Acho que isso mostra que a vulnerabilidade ao fungo cerebral corre na família.

De qualquer modo, Grace quer ser escritora e princesa, e como meu pai, trata Cat Stevens como se fosse um ser humano.

Cat Stevens Gaines: Cat Stevens era incrível, antigamente – ele costumava fazer coisas como se erguer sobre as patas traseiras e sibilar sempre que você entrava no quarto, ou correr até você no corredor, abraçar sua perna com as patas e começar a mordê-lo, mas agora ele está velho e lento. Você ainda consegue que ele morda, mas tem que segurar a barriga dele e balançá-la. Tecnicamente, ele é meu gato; fui eu quem deu nome a ele. Eu inventei o nome quando tinha 7 anos, pouco depois de saber da existência do Cat Stevens por causa da Rádio Nacional Pública, que, obviamente, é a única estação de rádio na casa dos Gaines. Parecia um nome óbvio para um gato, na época.

No entanto, anos depois, percebi que Cat Stevens, o músico, é um saco total.

Não posso enfatizar isso o suficiente: papai tem uma afinidade *forte* com Cat Stevens (o gato). Além de compartilhar reflexões filosóficas tediosas com ele, às vezes meu pai toca Cat Stevens como se fosse uma bateria; uma coisa que o gato adora. Cat Stevens também é o único outro membro da família que gosta de comer as carnes do Strip que papai traz para casa, embora, às vezes, ele manifeste sua alegria vomitando.

Nana-Nana Gaines: A mãe do meu pai mora em Boston e ocasionalmente vem nos visitar. Como aconteceu com Cat Stevens, eu dei esse nome a ela quando era bebê, agora não consigo criar um nome novo, e eu e as minhas irmãs temos que chamá-la Nana-Nana. É constrangedor. Acho que todos nós cometemos erros quando somos mais novos.

Capítulo 8

TELESSEXO II

Eu descobri sobre a leucemia da Rachel numa terça-feira. Na quarta-feira, tentei telefonar para ela de novo, depois de a minha mãe me chatear, e mais uma vez ela não queria sair. Na quinta-feira, ela desligou assim que eu falei meu nome.

Então, na sexta-feira, eu não tinha a menor intenção de telefonar. Quando cheguei do colégio, fui direto para a sala da televisão ver um filme. Especificamente *Alphaville* (Godard, 1965), que eu ia rever depois com Earl com o objetivo de fazer pesquisa. Eu sei que vocês ainda não têm ideia de quem seja o Earl, embora a gente já esteja indo fundo neste livro insuportavelmente idiota. Earl vai ser apresentado daqui a pouco, provavelmente depois que eu tentar bater à porta com minha cabeça.

De um jeito ou de outro, o filme nem estava nos créditos quando a minha mãe entrou e tirou da cartola um dos truques mais tradicionais. Ela baixou o som da televisão, abriu a boca e emitiu uma torrente interminável de palavras. Nada que eu fizesse poderia fazê-la parar de falar. Isso é um truque que nunca falha.

MAMÃE
Você não tem escolha em relação a isso, Gregory, porque você recebeu a chance de fazer uma diferença muito real, no fim das contas...

GREG
Mãe, que inferno!

MAMÃE
uma coisa rara e importante, acima de tudo, que você poderia fazer, e me deixe lhe dizer que não é...

GREG
Isso tem a ver com a Rachel? Porque...

MAMÃE
e eu vi você, dia após dia, simplesmente ficar deitado aí feito uma lesma morta e, enquanto isso, uma amiga sua...

GREG
Posso apenas dizer uma coisa?

MAMÃE
completamente inaceitável, *completamente*, você teve todo o tempo do mundo, e a Rachel, sinceramente...

GREG
Mãe, para de falar, será que posso apenas dizer uma coisa?

MAMÃE
se você acha que qualquer uma das suas desculpas é mais importante do que a felicidade de uma garota com...

GREG
Merda. Por favor, para de falar.

MAMÃE
você vai *pegar* o seu telefone, você vai *telefonar* para Rachel, você vai *dar* um *jeito de passar...*

GREG
Rachel não vai nem me deixar falar qualquer coisa! Ela simplesmente desliga, mãe! ELA SIMPLESMENTE DESLIGA!

MAMÃE
neste mundo, resumindo, você vai ter que aprender a dar, porque você recebeu tudo!

GREG
UUUUURRRRRRGGGGGGHGGGGG!

MAMÃE
pensa que você pode "urgh" pra se livrar disso? Amigão, você pode repensar, na-na-ni-na-não, de jeito algum, você...

Nada a fazer. Eu tinha que telefonar para Rachel. Você não pode enfrentar o jeito, que nunca falha, da minha mãe. Provavelmente foi assim que mamãe conseguiu ser a chefona de uma ONG: ONGs têm tudo a ver com persuadir pessoas a fazerem coisas conversando com elas. É como Will Carruthers tentando convencê-lo a dar só mais um Doritos pra ele. Mas a ONG não tem a vantagem persuasiva adicional de você temer que, depois, eles o peguem de jeito no banheiro e esfolem sua bunda pelada com uma toalha.

Então, pois é, eu tinha que telefonar de novo para Rachel.

– O que é que você quer?
– Oi, por favor, não desligue.
– Eu falei: o que você quer?
– Eu quero sair com você. Caramba.
– ...
– Rachel?
– Primeiro, você me ignora na escola, aí você quer sair depois da escola.

Ora, isso era verdade. Rachel e eu tivemos algumas aulas juntos, incluindo cálculo, na qual nós nos sentamos lado a lado e, sim, eu não fiz esforço para conversar com ela durante todo o tempo. Mas, quer dizer, era apenas o que eu fazia normalmente na escola. Eu não fazia esforço para conversar com *ninguém*. Nem amigos, nem inimigos. Essa era a questão.

Se você acha que eu tinha alguma ideia de como dizer isso pelo telefone, realmente não andou prestando atenção. Eu sou tão bom para me comunicar quanto o Cat Stevens, é apenas menos provável que eu morda você.

– Não, eu não estava ignorando você.
– Estava. Estava sim.
– Eu achava que você estava *me* ignorando.
– ...
– Viu? Estava.

— Mas você sempre *costumava* me ignorar.
— Uhhh.
— Eu sempre imaginei que você não queria ser meu amigo.
— Uhhh.
— ...
— ...
— Greg?
— A questão é: você partiu meu coração.

Eu sou inteligente de algumas maneiras – vocabulário muito bom, sólidos conhecimentos em matemática –, mas, definitivamente, sou o mais estúpido dos inteligentes que existem.

— *Eu* parti o *seu* coração!
— Ora, meio que sim.
— Como foi que eu parti o seu coração "meio que sim"?
— Humm... você se lembra do Josh?
— Josh Metzger?
— Na escola judaica, eu pensei que você estava apaixonada por Josh.
— Por que você pensou *isso*?
— Eu pensei que *todas* na classe estavam apaixonadas por Josh.
— Josh ficava deprimido o tempo todo.
— Não, ele era supersombrio e, hum... e sonhador.
— Greg, até parece que *você está* apaixonado pelo Josh.
— Afff!

Isso foi inesperado. Nunca tinha acontecido antes. Rachel tinha me feito rir. Quer dizer, o que ela falou não era engraçado, mas eu simplesmente não esperava, e, por isso, em vez de uma risada normal, eu fiz um som parecido com "harf". De um jeito ou de outro, foi quando eu soube que estava dentro.

– Você pensava mesmo que eu estava apaixonada pelo Josh.
– É.
– E isso partiu seu coração?
– *Claro* que partiu.
– Ora, você devia ter dito alguma coisa.
– É, eu fui idiota mesmo em relação a tudo aquilo.

Uma das minhas poucas táticas eficazes numa conversa é jogar meus "eus" anteriores debaixo do ônibus. O Greg de 12 anos agiu feito um babaca com você, foi o que você disse? Pois ele foi um babaca com *todo mundo*. E ele tinha trinta animais empalhados no quarto! Que derrotado.

– Greg, eu sinto muito.
– Não! Não, não, não. Foi minha culpa.
– Ora, o que você está fazendo nesse minuto?
– Nada – menti.
– Passa aqui, se você quiser.

Missão cumprida. Eu só tinha que telefonar para o Earl.

Capítulo 9

UMA CONVERSA MAIS OU MENOS TÍPICA COM EARL

– Oi, Earl?
– E aí, mané.

"Mané" é um bom sinal. É uma gíria para "cara", e quando Earl usa isso, significa que ele está de bom humor, coisa rara.

– Oi, Earl, não posso ver *Alphaville* hoje.
– Por que diabos não?
– Desculpa, cara, tenho que sair com uma garota da, humm... uma garota da sinagoga.
– O quê-ê-ê?
– Ela...
– Você vai comer a perereca dela?

Às vezes, Earl pode ser meio profano. Na verdade, ele se acalmou um bocado desde os dias do ensino fundamental, acreditem ou não. Naquela época, ele teria perguntado isso de um jeito muito mais violento e horrível.

– É, Earl, vou comer a perereca dela.
– Hehh...

– É.
– Será que você sabe *como* comer uma perereca?
– Humm, na verdade, não.
– O papai Gaines nunca botou você sentadinho e falou: "Filho, um dia você vai ter que comer perereca."
– Não. Mas ele me ensinou a comer um cuzinho.

Quando Earl está no modo-nojento-total, você tem que entrar na brincadeira ou vai se sentir um idiota.

– Deus abençoe esse homem.
– Pois é.
– *Eu* ensinaria a você um pouco da técnica para comer perereca, mas é meio complicado.
– É uma pena.
– Eu ia precisar de alguns diagramas e coisas assim.
– Ora, hoje à noite, talvez, você possa desenhar alguns.
– Filho, não tenho tempo para isso. Tenho umas vinte pererecas pra comer.
– Caramba.
– Estou no prazo-limite das pererecas.
– Você tem vinte vaginas, todas enfileiradas?
– Ai, que que é isso? Que que é *isso*. Ninguém está falando de *vaginas*. Greg, que diabos tem de errado com você? Cara, isso é nojento!

Às vezes, Earl gosta de confundir, fingindo que é nojento, mas não é, quando claramente ele estava sendo muito mais nojento. Esse é o truque de humor clássico que ele aperfeiçoou durante os anos.

– Ah, desculpa.

— Cara, você é doente. É pervertido.

— É, eu exagerei.

— Estou falando de *perereca*. Peguei um pouco de mostarda com mel por aqui, um pouco de Heinz 57, e um montão de perereca.

— É, isso não é nojento. O que eu falei foi nojento, mas não o que você acabou de dizer.

— Botei um pouco de Grey Poupon nelas. E botei um pouco de Hellmann's também.

O modo nojento pode durar indefinidamente e, algumas vezes, você simplesmente tem que mudar de assunto sem aviso se realmente tem alguma mensagem a transmitir.

— Então, é, desculpa por não poder ver o Godard hoje à noite.

— Então você quer ver amanhã?

— Isso, vamos ver amanhã.

— Depois da escola. Vê se traz um pouco de carninha.

— Tudo bem, mas não acho que a minha mãe vai fazer bife de contrafilé hoje à noite.

— *Bife*. *Contrafilé*. Diga que amo mami e papi Gaines, mané.

Earl e eu somos amigos. Meio assim. Na verdade, Earl e eu somos mais como colegas de trabalho.

A primeira coisa a saber sobre Earl Jackson é que, se você mencionar a altura dele, ele vai chutá-lo na cabeça. Pessoas baixas com frequência são extremamente atléticas. Tecnicamente, Earl é do tamanho de um garoto de 10 anos, mas pode chutar qualquer objeto a dois metros do chão. Além disso, o humor normal de Earl é tipo puto da vida, e o humor normal de reserva é megaputo da vida.

E também não é que ele seja só baixinho. Ele *parece* mesmo novinho. Tem um tipo de rosto parecido com o do Yoda, redondo e com olhos esbugalhados, que faz as garotas ficarem supermaternais e começarem a falar tatibitate. Adultos não o levam mesmo a sério, em especial os professores. Eles têm dificuldade de conversar com ele como se ele fosse um ser humano normal. Se curvam demais e falam de modo ridículo, ritmado: "*Oi*-ê, *ear*-rul!" É como se ele liberasse um campo de força invisível que faz dos adultos pessoas idiotas.

A pior parte é que a família inteira é mais alta que ele: todos os irmãos e meios-irmãos, as meias-irmãs, os primos, tias e tios, o padrasto, até a mãe dele. Isso não é nem um pouco justo. Nos churrascos da família, a cada noventa segundos alguém brinca, esfregando a cabeça dele, e nem sempre é alguém mais velho. Ele não pode andar por aí ao ar livre; se fizer isso, os irmãos se revezam correndo e pulando por cima de sua cabeça. Você também sentiria uma raiva eterna do mundo se esta fosse a sua vida.

No entanto, sob alguns pontos de vista, a vida doméstica de Earl é incrível. Ele vive basicamente sem supervisão, com dois irmãos e um cachorro, numa casa imensa alguns quarteirões acima na avenida Penn, e eles jogam videogames e comem Domino's pizza na maior parte do tempo. A mãe também mora na casa, mas costuma se limitar ao terceiro andar. O que ela faz ali em cima raramente é discutido – em especial com Earl por perto –, mas posso dizer que envolve *mojitos* com Bacardi Silver e salas de bate-papo. Enquanto isso, no andar de baixo, tem seis caras numa casa, mandando ver. Festa sete dias por semana! Que problemas poderia haver nisso?

Problema 1. Ora, há a questão confusa das finanças da casa. Não tem um pai na casa – o pai de Earl está no Texas ou coisa assim, e o pai de metade dos irmãos está na prisão – e a mãe de Earl proporciona pouca coisa no quesito renda. Dois dos meios-irmãos (os gêmeos), Maxwell e Felix, estão em uma das gangues de Homewood, Tha Frankstown Murda Cru, e fornecem parte das finanças da família vendendo drogas. O próprio Earl já usou a maioria das drogas, embora, atualmente, ele fume apenas cigarros. Então, tem um pouco de atividade de tráfico e de gangues na casa, o que provavelmente conta como um problema.

Problemas 2 e 3. Acho que deveria notar que eles têm um problema de barulho (videogames, música, gritaria) e um problema com cheiro também. Geralmente tem lixo por ali, frequentemente com pequenas poças de chorume embaixo, e os irmãos realmente não lavam muito a roupa. Algumas vezes, alguém também fica muito bêbado e vomita no chão, e pode levar dias para limparem, assim como as frequentes montanhas de cocô criadas pelo cachorro. Eu não quero parecer uma "mala sem alça" (nas palavras de Felix), mas isso certamente é menos que o ideal, no que se refere às condições de vida.

Problema 4. Também não é um ambiente incrivelmente intelectual. Earl é o único que ainda vai à escola todos os dias, Devin e Derrick podem ficar semanas sem aparecer; todos os meios-irmãos abandonaram a escola, incluindo Brandon, que tem 13 anos e provavelmente é o mais violento e agressivo do bando. (Por exemplo, ele tem uma tatuagem imensa no pescoço, que parece ter doído bastante, e que diz: "IRADO", perto de algumas imagens de armas. O próprio Brandon tem uma arma e já conseguiu emprenhar outro ser humano, mesmo que a voz dele ainda não tenha engrossado totalmente. Se a cidade de Pittsburgh desse o prêmio Ser-humano-com-menos-futuro, ele estaria entre os candidatos.) Graças aos problemas com barulho, citados anteriormente, a casa dos Jackson não é um ótimo lugar para tentar ler, fazer o dever de casa ou qualquer tipo de trabalho; além disso, se alguém o encontra sozinho com um livro num dos quartos, às vezes isso é considerado razão suficiente para meterem a mão em você.

Problemas 5 a 10. A casa está meio caindo aos pedaços: tem uma parte imensa das sarjetas no pátio da frente, o teto pinga em alguns dos quartos e, normalmente, pelo menos uma das privadas fica entupida e ninguém quer mexer nela. No inverno, o aquecimento costuma escangalhar e todo mundo tem que dormir com casacos pesados. Sem dúvida tem um problema com ratos e um problema com baratas, e não é uma boa ideia beber da água da torneira.

Mas os videogames estão em bom estado.

Então, quando Earl e eu saímos, costumamos ficar na minha casa. Agora Earl é quase parte da família: o filho que não para de fumar e tem problemas de crescimento que meus pais nunca tiveram. Eles são os únicos adultos, além do sr. McCarthy, que meio que sabem falar com ele sem irritá-lo. Ênfase no "meio que". As interações com ele são sempre meio surreais.

```
INT. SALA DE ESTAR DA CASA - DIA

PAPAI está sentado na cadeira de balanço, contemplando a
parede, como gosta de fazer. CAT STEVENS está adormecido
no sofá. EARL, a caminho da porta da frente, bate um maço
novo de cigarros contra a palma da mão.

                    EARL
        Como vai a vida, sr. Gaines?
```

PAPAI
parecendo misterioso
Vida.

EARL
pacientemente
Como vai a sua vida...

PAPAI
Vida! Sim, vida. A vida é boa, como eu acabava de dizer ao Cat Stevens aqui. Como vai a sua vida?

EARL
Tá indo bem.

PAPAI
Estou vendo que você vai lá fora fazer uma pausa para fumar.

EARL
Pois é. Quer vir?

PAPAI
cinco segundos o encarando sem explicação

EARL
Muito bem, então.

PAPAI
Earl, você concordaria que o sofrimento na vida é um, um conceito relativo - que para todas as vidas há uma

base diferente, um equilíbrio, abaixo do qual pode-se dizer que alguém sofre?

                EARL
Acho que sim.

                PAPAI
A intuição primária é que o sofrimento de um homem é a alegria de outro.

                EARL
Parecem bom, sr. Gaines.

                PAPAI
Muito bem, então.

                EARL
Tô indo fumar um desses.

                PAPAI
Boa sorte, jovem.

Talvez 80% da interação entre papai e Earl sejam mais ou menos como essas linhas. O restante é quando papai leva Earl a uma loja de comidas exóticas ou ao Whole Foods, e eles compram algo indescritivelmente nojento e, então, comem juntos. É uma cena esquisita e aprendi a ficar longe deles.

As conversas entre mamãe e Earl são ligeiramente menos malucas. Ela gosta de dizer que ele é "divertido" e aprendeu que não faz bem tentar fazê-lo parar de fumar, e desde que *eu* não fume, ela deixa pra lá. Pelo lado dele, mesmo nos dias em que está megaputo, ele se controla quando está perto dela e não faz nenhum dos maneirismos característicos para expressar raiva, como bater os pés muito rápido e resmungar "urgh". Ele nem mesmo ameaça chutar alguém na cabeça.

Esse é o Earl. Provavelmente perdi um monte de coisas e vou ter que descrever Earl mais detalhadamente depois, mas não há razão para acreditar que você ainda vai estar lendo o livro nessa hora, por isso acho que deveria dizer para você não se preocupar.

Capítulo 10

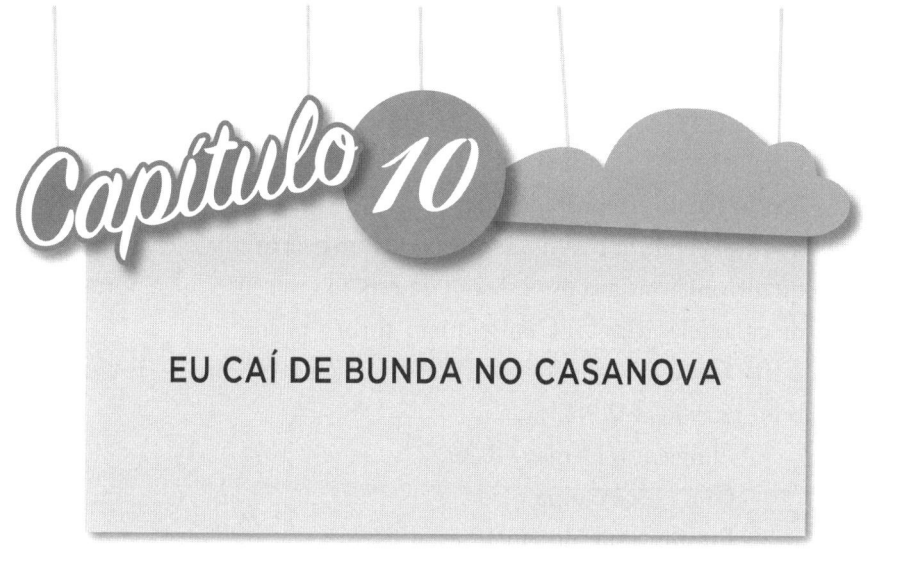

EU CAÍ DE BUNDA NO CASANOVA

A caminho da casa da Rachel, percebi que eu tinha sido um tremendo idiota.

"Greg, seu idiota", pensei, e talvez eu também tenha dito em voz alta. "Agora ela acha que você esteve apaixonado por ela durante cinco anos."

Otário. Eu podia imaginar a cena em minha mente: eu ia aparecer, tocar a campainha, e Rachel ia abrir a porta e me abraçar; o cabelo crespo balançando, os dentes grandões roçando a minha bochecha. Então nós íamos sair ou conversar sobre o quanto nos amávamos. Bastava pensar nisso para eu ficar suado.

E, claro, ela tinha câncer. E se ela quisesse conversar sobre a morte? Isso seria um desastre, certo? Porque eu tinha crenças meio extremas sobre a morte: não existe vida após a morte e nada acontece depois que você morre. Será que eu ia ter que mentir sobre isso? Com certeza, isso ia ser superdeprimente, não é? Será que eu ia ter que inventar um pouco de vida após a morte para tranquilizá-la? Precisava ter aqueles anjinhos bebês assustadores que a gente vê algumas vezes?

E se ela quisesse se casar? Para ter uma cerimônia de casamento antes de morrer? Eu não poderia dizer "não", certo? Meu Deus, e se ela quisesse fazer sexo? Será que eu seria capaz de ter uma ereção? Eu tinha certeza de que seria impossível ter uma ereção nessas circunstâncias.

Essas eram as perguntas que passavam pela minha mente enquanto eu arrastava os pés, com desespero crescente, até a porta da casa dela. Mas foi Denise quem abriu a porta.

– Gre-e-e-eg – ronronou ela, com sua voz felina. – É tão bom *ver* você-ê-ê-ê-ê.

– O mesmo, Denise – falei.

– Greg, você é uma piada.

– Eu sou proibido em 12 estados.

– RÁ. – Isso foi uma tremenda gargalhada. Depois teve outra: – RÁ.

– Eu tenho um cartaz de advertência tatuado na minha bunda.

– PARA COM ISSO! PARA COM ISSO! RÁ, RÁ, RÁAA – Por que eu nunca tenho este efeito nas garotas que quero impressionar? Por que é apenas com as mães e as garotas caseiras? Quando é com elas, eu posso realmente enlouquecê-las. Não sei o que é isso.

– Rachel está no segundo andar. Posso pegar uma Coca Diet pra você?

– Não, obrigado. – Eu queria terminar em grande estilo, por isso emendei: – Cafeína me deixa mais irritante.

– Um minutinho.

Isso foi num tom completamente diferente de voz. Voltamos à antiga sra. Kushner, impaciente e agressiva.

– Greg, quem disse que você é irritante?

– Ah. Humm, o pessoal, sabe como é...

– Preste atenção. Você diga pra eles: eles podem simplesmente *ir para o inferno*.

– Não, pois é. Eu estava apenas dizendo isso como um...

– Ei. Na-na-ni-na-não. Você está me ouvindo com atenção? Diga para eles: eles podem ir para o inferno.
– Eles podem ir para o inferno, pois é.
– O mundo precisa de mais caras feito você. *Não* de menos.

Agora eu estava ficando assustado. Será que havia uma campanha para se livrar de caras como eu? Porque seria provável que essa campanha *começasse* comigo.

– Sim, senhora.
– Rachel está no andar de cima.

Fui para lá.

O quarto de Rachel não tinha soro nem monitores de frequência cardíaca, como eu esperava. Na verdade, eu tinha imaginado o quarto dela como um quarto de hospital, com uma enfermeira em tempo integral circulando dentro dele. Em vez disso, posso resumir o quarto de Rachel em duas palavras: almofadas e pôsteres. Sua cama tinha, pelo menos, quinze em cima dela, e as paredes eram 100% pôsteres e recortes de revistas. Havia um monte de Hugh Jackman e Daniel Craig, geralmente sem camisa. Se você me mostrasse o cômodo e me fizesse adivinhar quem o ocupava, minha resposta seria: um alienígena de quinze cabeças que perseguia celebridades humanas do sexo masculino.

Mas no lugar de um alienígena, estava Rachel, em pé, meio sem graça, perto da porta.

– Rachellll – falei.
– Olá – respondeu ela.

Ficamos ali, imóveis. Como diabos deveríamos nos cumprimentar? Dei um passo com os braços abertos, para fins de abraço, mas isso apenas me fez sentir como um zumbi. Ela deu um passo para trás, assustada. A essa altura, eu tinha que continuar.

– Eu sou o Monstro Zumbi do Abraço – falei, avançando.

— Greg, eu tenho medo de zumbis.
— Você não deve ter medo do Monstro Zumbi do Abraço. O Monstro Zumbi do Abraço não quer comer seu cérebro.
— Greg, *pare com isso*.
— Está bem.
— O que você está fazendo?
— Humm, eu ia dar um soquinho em você.
Eu *ia* dar um soquinho nela.
— Não, obrigada.

Resumindo: eu avancei até o quarto de Rachel como um zumbi, fiz ela surtar, depois ia dar um soquinho nela. É impossível ser menos sutil que Greg S. Gaines.

— Gostei do seu quarto.
— Obrigada.
— Quantas almofadas tem?
— Não sei.
— Eu queria ter tantas almofadas assim.
— Por que você não pede algumas para os seus pais?
— Eles não iam gostar disso.
Eu não faço ideia de por que disse isso.
— Por que não?
— Humm.
— São *almofadas*.
— Pois é, eles iam desconfiar ou coisa assim.
— Que você ia dormir o tempo todo?
— Não, humm... Provavelmente eles pensariam que eu ia me masturbar em cima delas.

Eu gostaria de assinalar que conduzi a conversa acima 100% no piloto automático.

Rachel ficou em silêncio: sua boca pendia aberta e os olhos estavam meio esbugalhados.

Finalmente, ela falou:

– Isso é *nojento*. – Mas ela também arfou. Eu me lembrei da arfada na escola judaica; indicava que uma grande gargalhada estava a caminho.

– São os meus pais – falei. – Eles são nojentos.

– Eles não vão comprar almofadas [arfada] porque acham que você vai [arfada, arfada], eles acham que você vai se masturb... [arfada, arfada, arfada, arfada].

– Pois é, eles têm ideias bem nojentas a meu respeito.

Agora Rachel não conseguia nem falar. Ela tinha perdido completamente o controle. Ria e arfava tão forte que eu senti um pouco de medo de que ela rompesse o baço ou coisa parecida. No entanto, uma coisa engraçada de fazer quando Rachel está se contorcendo com uma megarrisada é ver por quanto tempo você consegue mantê-la.

- "Quer dizer, também é culpa deles por arrumarem almofadas sexy."
- "A gente tinha uma almofada na casa, e eles tiveram que queimar porque aquela coisa simplesmente me deixava de pau duro."
- "Aquela era a almofada mais sexy de todas, eu só, eu só queria fazer amor com ela a noite toda, até o dia raiar."
- "Eu costumava chamar aquela almofada dos nomes mais safados. Costumava dizer: 'Almofada safadinha, você é tão safadinha e pervertida, pare de *brincar com as minhas emoções*.'"
- "O nome da almofada era Francesca."
- "Aí, um dia, eu cheguei da escola e encontrei a almofada fazendo sexo oral com o aparador do outro lado da rua e... TÁ. TÁ. Eu vou parar."

Rachel estava implorando para eu parar. Calei a boca e deixei que ela se acalmasse. Eu tinha me esquecido de que ela podia rir bem forte. E levou um tempo até recuperar o fôlego.
– Ah... Ah... *uau*... Ah.

O método de sedução de três passos de Greg S. Gaines:
1. Arraste-se até o quarto de uma garota fingindo ser um zumbi.
2. Tente dar um soquinho nela.
3. Insinue que você habitualmente se masturba sobre as almofadas.

– Será que vou ter que manter você longe das *minhas* almofadas? – perguntou ela, que ainda tinha espasmos de risada-arfada involuntários.
– Não. Você está falando sério? Essas almofadas aí são travesseiros.

Três palavras: explosão de catarro. No entanto, o problema com megarrisadas é que elas são difíceis de acompanhar. Cedo ou tarde você riu tudo e tem um grande silêncio. Aí, o que você faz?

– Então acho que você realmente gosta de filmes.
– Eles são OK.
– Quer dizer, você tem esses atores por todo o seu quarto.
– Há?
– Hugh Jackman, Hugh Jackman, Daniel Craig, Hugh Jackman, Ryan Reynolds, Daniel Craig, Brad Pitt.
– Não tem a ver com os filmes.
– Ah!

Ela estava sentada junto à escrivaninha e eu, na cama. Era uma cama muito macia. Eu tinha afundado até um grau desconfortável.

— Eu gosto de filmes — falou Rachel, como se pedisse desculpas. — Mas um filme não é bom só porque tem Hugh Jackman.

Felizmente e infelizmente, naquele momento eu recebi uma mensagem de texto de Earl:

"seu papi gaines me trouxe ao whole foods; então, se você precisar de um pouco de picles fedido e temperado para aquela perereca, basta chamar."

Foi felizmente porque isso desviou o assunto dos filmes e ia ser difícil conversar sobre filmes com Rachel sem mencionar minha carreira de diretor, o que, por motivos óbvios, eu não queria mencionar. Mas foi infelizmente porque me fez dar risada e então Rachel quis saber o que tinha acontecido.

— Quem mandou isso?
— Humm, foi o Earl.
— Ah.
— Você conhece o Earl? Earl Jackson, do colégio?
— Acho que não.

Por que diabos eu deveria sequer apresentar o Earl?

— Humm, às vezes Earl e eu enviamos mensagens de texto nojentas um para o outro.
— Ah.
— Essa é basicamente toda a nossa amizade.
— O que é que essa diz?

Pensei sobre compartilhar com ela. Depois decidi que isso produziria o Apocalipse.

— Não posso mostrar para você. É nojenta demais.

Este foi um erro tático, porque uma garota mais irritante poderia ter dito: "Greg, agora você *tem* que me mostrar", e, vamos encarar, a maioria das garotas é irritante. Quer dizer, a maioria dos seres *humanos* é irritante, então não é específico das garotas. Além disso, eu não quero mesmo dizer "irritante". Acho que quero dizer que a maior parte dos seres humanos gosta de tentar foder com os seus planos.

Mas uma coisa que você poderia dizer sobre Rachel é: ela não estava tentando constantemente foder com seus planos.

— Muito bem. Você não tem que mostrar pra mim.
— Você não quer mesmo ver?
— Não preciso ver.
— Tudo que você tem que saber é que é sobre a combinação de comida e sexo. Tipo: sexo oral.
— Greg, por que você está me contando isso?
— Para que você possa ter certeza de que é algo sobre o qual você não vai querer saber.
— Por que o Earl está combinando comida e sexo oral?
— Porque ele é um psicopata.
— Ah.
— O cara é 100% maluco. Se você examinar o cérebro dele, mesmo que seja por um segundo, provavelmente vai terminar cega.
— Ele parece um cara bem esquisitão.
— Pois é.
— Como vocês acabaram sendo amigos?

Não havia um jeito bom de responder a essa pergunta aparentemente inócua.

— Quer dizer, eu também *sou* bem esquisito.

Isso fez a Rachel dar uma leve bufada pós-choque.

— Acho que a história da almofada é esquisita.

Earl e eu *somos* bem esquisitos. E talvez seja por isso que somos amigos. Mas provavelmente você merece um pouco mais de explicação que isso.

Além do mais, que diabos quer mesmo dizer "esquisito"? Acabei de escrever isso, tipo, umas cinco vezes, e, de repente, olho, e isso nem significa alguma coisa. Simplesmente assassinei a palavra "esquisito". Agora é apenas um monte de letras. É como se houvesse todos esses cadáveres pela página, agora.

Eu meio que estou à beira de surtar com isso. Tenho que comer besteira, sobras de comida, ou coisa assim.

Tá, voltei.

Apesar disso, vamos criar um novo capítulo porque este capítulo já está fodido de um jeito ou de outro, e eu tenho medo do que vai acontecer se eu continuar com ele.

Capítulo 11

EU, A CÓLERA DOS DEUSES, QUERO DESPOSAR MINHA FILHA, E, JUNTOS, NÓS DAREMOS INÍCIO À MAIS PURA DINASTIA QUE O MUNDO JAMAIS VIU

Earl e eu viemos de mundos diferentes, é óbvio. E definitivamente é uma loucura que, pra começo de conversa, a gente seja amigo. Sob certos aspectos, nossa amizade não faz sentido algum. Acho que eu vou contar apenas o começo dessa amizade e deixar você tirar suas próprias conclusões. Então nós podemos fazer nosso retorno triunfante à Cancerlândia.

A Cancerlândia não é nem de perto um jogo de tabuleiro tão popular quanto Candyland.

Alguns observadores concluiriam que nossa amizade é um triunfo do sistema de ensino público de Pittsburgh, mas eu ia dizer que, ao contrário, é um testamento do poder dos videogames. Minha mãe nunca permitiu videogames em casa, a não ser aqueles educativos, como o Math Blaster, e isso não era tanto uma questão de ensinar matemática, mas de nos mostrar que videogames eram uma bosta. No entanto, meu primeiro encontro com Earl não deixou dúvidas de que videogames eram, de fato, incríveis.

Foi na segunda ou terceira semana do jardim de infância. Até então eu tinha conseguido não interagir com as outras crianças – esse era o meu objetivo principal, porque todas as outras crianças pareciam ser malvadas, chatas ou as duas coisas

— mas um dia a srta. Szczerbiak nos tinha feito sentar em grupos e decorar caixas de papelão. Éramos eu, Earl e duas garotas cujos nomes eu esqueço. Tudo o que as garotas queriam fazer era cobrir a caixa com glitter, mas Earl e eu reconhecemos que isso parecia terrível.

— Vamos fazer uma arma com ela — falou Earl.

Pensei que era uma coisa incrível.

— A arma a laser de GoldenEye — emendou Earl.

Eu não fazia ideia do que aquilo significava.

— GoldenEye para N64 — explicou Earl. — Meus irmãos têm um N64 e *eles* me deixam brincar sempre que eu quero.

— Eu tenho Math Blaster no meu computador de casa — falei.

— Nunca ouvi falar de Math Blaster — falou Earl, indiferente.

— Você tem que resolver problemas matemáticos e então ele deixa você atirar partes do lixo — falei. Depois, percebi como isso soava patético e calei a boca. Eu tinha esperança de que, por algum motivo, Earl não tivesse ouvido. Mas ele tinha ouvido, e olhou para mim com pena e desprezo.

— Em GoldenEye, você não tem que resolver matemática nenhuma, e você atira nas *pessoas* — falou Earl em triunfo, e isso resolveu as coisas.

Enquanto as garotas cobriam cuidadosamente a caixa com glitter e discutiam sobre fadinhas, vida doméstica ou coisa que o valha, Earl e eu nos sentamos no outro extremo da mesa, e Earl me contou toda a história de GoldenEye três vezes. Pouco depois ficou resolvido que, após a escola, eu ia para a casa dele. Por sorte, foi meu pai quem me pegou na escola aquele dia, e não viu nada de errado em mandar o filho para Homewood com outro garoto que ele nunca tinha visto antes, mais os dois irmãos agitados do garoto; um deles prometia repetidas vezes atirar em todo mundo para matar.

Earl tinha mentido em pelo menos um aspecto: na verdade, os irmãos *não* deixavam ele jogar N64 sempre que quisesse. Quando nós chegamos à casa dos Jackson, Devin (o mais velho) anunciou que ele tinha que completar uma missão antes de fazermos qualquer coisa.

Por isso ficamos sentados no chão, com o brilho da tela, e foi a melhor coisa que eu já experimentei. Nós estávamos na presença de um mestre. Observamos, felizes, enquanto Devin conduzia um tanque pelas ruas de São Petersburgo, destruindo tudo em seu caminho. Nós nem fizemos confusão quando Devin falou que ia realizar uma segunda missão. E ficamos admirados quando ele se esgueirou em um couraçado, matando silenciosamente dezenas de pessoas.

– Agora vocês todos podem jogar comigo – falou Devin, trocando para a opção multiplayer. Peguei um controle. Tinha mais dials e botões do que eu poderia alcançar com todos os meus dedos, por isso tentei incluir um dos pés. Isso particularmente não funcionou. Earl tentou explicar como funcionava, mas logo desistiu. Era evidente que ele também não era um especialista. Durante vinte minutos, corremos ao redor de uma base de mísseis, na Sibéria, cheia de neve, jogamos granadas ao acaso na floresta, ficamos presos nas paredes porque não sabíamos girar, e fomos assassinados por Devin, que escolhia uma arma nova e interessante a cada vez: o rifle de assalto, a escopeta, a pistola a laser. O outro irmão de Earl, Derrick, nos ignorou completamente, escolhendo enfrentar o master sozinho. Era um esforço fadado ao fracasso. Zombando da gente impiedosamente e sem parar, Devin pintou a tundra de vermelho com o nosso sangue.

– Dois boiolas – falou Devin, por fim. – Agora, porra, saiam daqui.

Uma amizade tinha nascido. Sem dúvida, Earl era o líder, e eu era o fiel companheiro dele. Mesmo quando a gente não estava jogando videogames, eu obedecia a ele, porque Earl era de longe muito mais mundano que eu. Ele sabia onde ficava o álcool na cozinha, por exemplo. Eu tive medo de que a gente fosse ter que provar um pouco, mas felizmente isso não era parte do plano.

– Álcool me dá uma tremenda dor de cabeça.

Na época, a casa dos Jackson estava mais sob controle. O padrasto de Earl ainda morava lá, os meios-irmãos eram bebês e a mãe de Earl ainda não começara o exílio no terceiro andar. Eu tive que acompanhar o colapso da casa dele com meus próprios olhos. Essa não é realmente a história que eu quero contar, portanto não vou entrar em detalhes, mas, basicamente, o padrasto de Earl se mudou e então foi mandado pra cadeia, a mãe de Earl teve alguns namorados, começou a beber um bocado e então, mais ou menos na época que os meios-irmãos mais novos foram para o jardim de infância, ela praticamente desistiu de tudo e começou a ficar em salas de bate-papo vinte e quatro horas por dia. Eu vi tudo enquanto acontecia, mas realmente não consigo juntar a história toda. E mesmo agora eu não tenho um grande conhecimento disso. Foi complicado de entender.

De um jeito ou de outro, conforme as coisas foram piorando, ao longo dos anos, nós passamos menos tempo na casa dele e, finalmente, começamos a ficar na minha. Mas na minha casa não era tão evidente o que havia para fazer. Tentamos os jogos de tabuleiro, e foi uma bosta. Nós destruímos alguns G.I. Joes, mas brincar com eles era tão mais chato que os videogames que achamos que íamos enlouquecer. Corremos pela casa com pistolas de água atrás de Cat Stevens, mas o papai fez a gente parar depois que quebramos umas coisas. Finalmente, desesperados, reviramos a casa, numa tarde de domingo, atrás de qualquer coisa, mesmo que remotamente parecida com videogames, e foi então que Earl encontrou a coleção de DVDs do meu pai.

Por algum motivo, eu nunca fiquei realmente interessado pelos DVDs do meu pai. Os únicos filmes que pensei em assistir eram as animações e os de censura livre. Esses outros filmes que não eram animações me pareciam coisa para adultos. Basicamente, eu apenas meio que assumia que eram chatos. E provavelmente, se eu tentasse vê-los por conta própria, eles teriam me entediado até a medula.

Mas Earl os encontrou, começou a surtar e ficar de olhos bem arregalados, dizendo: "Isso! Isso é coisa da boa!", e alguma coisa fez clique na minha cabeça, e eu os vi de modo totalmente diferente.

Ele estava especialmente animado com *Aguirre, a cólera dos deuses*.

– Dá uma olhada nesse maluco! – gritava ele, apontando para o Klaus Kinski, que, na capa, usa um elmo viking e parece um psicopata.

Então, com a permissão do meu pai, a gente pegou o filme e assistiu.

Isso acabaria sendo a coisa mais importante que já aconteceu nas nossas vidas.

Foi incrível. Era confuso, terrível e incrível. Tivemos que parar sempre que havia legendas, e houve um monte de vezes em que corremos até o meu pai para que ele explicasse uma coisa ou outra, até que finalmente meu pai veio assistir com a gente, e *ainda assim* foi incrível.

O fato de papai estar lá, na verdade, foi uma grande ajuda. Ele leu as legendas em voz alta e respondeu às perguntas que a gente fazia sobre o enredo, e a gente tinha um monte de perguntas porque todo mundo no filme é doido.

Mais uma vez: foi incrível. Não era igual a nada que nós já tivéssemos experimentado. Era engraçado e era sinistro. Havia muita morte, mas não era como as mortes de videogame. Eram mais lentas, mais sangrentas e menos frequentes. Em GoldenEye, você vê alguém ser baleado e observa a pessoa cair para trás e desabar no chão; aqui, de repente, você apenas encontra um cadáver. A casualidade disso causou uma impressão e tanto na gente. Sempre que alguém morria, a gente gritava: "Ah, *caramba!*" E o suspense era inacreditável. Klaus Kinski não falha e mata qualquer um durante a primeira meia hora inteira. Depois, mesmo quando mata, age como se não tivesse importância e você não tem ideia de quando ele vai fazer isso de novo. Ele tem esse cérebro imprevisível e psicopata que não dá para ler. Isso fez a gente ficar muito empolgado.

Nós adoramos tudo. Adoramos o fato de ser lento. Adoramos o fato de levar a eternidade. Na verdade, não queríamos que acabasse. Adoramos a selva, as jangadas, a armadura e os elmos ridículos. Adoramos que meio que parecia um filme caseiro, como se tudo realmente tivesse *acontecido*, e alguém na jangada tivesse uma câmera. Acho que, sobretudo, nós adoramos o fato de que não tinha final feliz para *ninguém*. O tempo inteiro a gente meio que esperava que alguém fosse sobreviver, porque é assim que as histórias funcionam: mesmo que tudo seja um desastre total, alguém sobrevive para contar a história. Mas não com *Aguirre, a cólera dos deuses*. Caramba, não. *Todo mundo* morre. Isso é incrível.

Além do mais, o filme traz os primeiros peitos que eu vi, embora não fossem o que eu havia sido levado a acreditar. Eles eram como os úberes da vaca, e um deles era maior que o outro. (Retrospectivamente, isso pode ter sido responsável pela minha completa ausência de desenvolvimento sexual, sobre a qual já vamos conversar. Acho que, pelo menos, foi por isso que eu não saí por aí dizendo coisas como: "a melhor coisa nos seus peitos é que eles têm o mesmo tamanho.")

Depois disso, nós fizemos um monte de perguntas *sobre* o filme e, por alguma razão, conversamos sobre fazer o filme, o que, aparentemente, foi um desastre, nesse caso. As pessoas ficaram doentes, o elenco inteiro e a equipe de filmagem ficaram à deriva na selva durante meses, e alguns integrantes da equipe poderiam ter morrido. Meu pai não tinha certeza. O melhor de tudo: o ator Klaus Kinski era tão doido na vida real quanto era como Aguirre. Na verdade, ele atirou num dos outros caras que trabalhavam no filme. Foi porque o cara fazia muito barulho e Kinski queria se concentrar. Por isso, ele atirou *na mão do outro, com uma arma*! Se isso não fizer você largar esse livro e ir assistir ao filme agora, não sei qual é o seu problema. Talvez você tenha fungo no cérebro.

Obviamente, tivemos que assistir de novo. Meu pai não estava disposto a outra rodada, mas nós achamos que foi melhor da segunda vez. Imitamos as vozes alemãs, especialmente a do Kinski, que falava como se estivesse sendo estrangulado. Nós ficamos deitados pela casa durante horas, fingindo estar mortos, até Gretchen encontrar um de nós e ter seu próprio minissurto, e, então, começamos a gritar incontrolavelmente.

Em resumo, decidimos que era o maior filme já feito. E, no fim de semana seguinte, convidamos alguns colegas para compartilhar.

Eles odiaram.

Nós nem passamos dos primeiros vinte minutos. Disseram que era lento demais. Que não conseguiam ler as legendas, e nós não éramos bons o suficiente pra ler em voz alta. Disseram que a fala de Pizarro, no começo, era longa e chata. A história do filme parecia estúpida: Aguirre e todo mundo estavam atrás de uma cidade que *bem no começo já diziam que não existia*. Eles não entendiam que essa era *toda a questão*. Não sacavam que era incrível *porque* era louco e sem sentido. Em vez disso, continuaram chamando Aguirre de gay.

Foi um desastre, mas também foi útil. Isso nos fez perceber o que realmente sabíamos desde o início: nós tínhamos interesses diferentes, um tipo de foco diferente. É difícil explicar. Earl e eu, na verdade, não tínhamos muito em comum um com o outro também, mas éramos os únicos garotos de 10 anos em Pittsburgh que gostavam de *Aguirre, a cólera dos deuses*, e isso significava alguma coisa. Na verdade, significava muito.

– Os jovens niilistas. – Era como meu pai nos chamava.

– O que são niilistas?

– Os niilistas acreditam que nada tem valor. Acreditam em nada.

– Pois é – falou Earl. – Eu sou um niilista.

– Eu também – respondi.

– Bom para vocês – falou meu pai, e sorriu. Depois, parou de sorrir e comentou: – Não conte para a sua mãe.

E isso é parte da minha história com o Earl. Provavelmente vai ser relevante depois, embora quem é que vai saber? Eu não acredito que vocês ainda estejam lendo isso. Vocês deveriam dar um tapa no próprio rosto algumas vezes, neste minuto, apenas para completar a experiência extraordinariamente estúpida que é este livro.

Capítulo 12

EU COLOQUEI O IDIOTA NO VIDEOTEIPE

Uma coisa que aprendi sobre as pessoas é que o meio mais fácil de fazer com que gostem de você é calar a boca e deixar que elas falem. Todo mundo gosta de falar sobre si mesmo. Não são apenas as crianças que têm uma vida boa. Veja o Jared "Cabeça de Crack" Krakievich, um dos alunos mais magros e menos populares do Benson. Até onde sei, Jared nunca usou crack, mas ele anda por aí com os braços pendendo de um jeito estranho, para trás, meio parecido com uma galinha, a boca sempre, pelo menos três quartos, aberta, e normalmente tem comida no aparelho dele. Ele tem cheiro de picles e os pais são *yinzers*. Você pensaria que ele não ia querer falar sobre a própria vida, mas estaria errado, como eu descobri um dia, no ônibus. Por exemplo, aprendi que o cachorro dele pode demonstrar quando Ben Roethlisberger está prestes a ser derrubado no futebol americano, e que ele (Jared, não o cachorro, ou Ben Roethlisberger) estava pensando em aprender a tocar guitarra.

Se você não é de Pittsburgh, eu devo explicar que *yinzers* são as pessoas que têm um sotaque forte de Pittsburgh. Por exemplo, em vez de "você" ou "cê", elas dizem "uncê". Outra característica dos *yinzers* é que eles usam roupas dos Steelers o tempo todo, incluindo no trabalho e em casamentos.

Então, basicamente, minha questão não é que você presta atenção nas pessoas para aprender alguma coisa interessante. Faz isso para ser simpático e fazer com que gostem de você porque todo mundo adora falar.

Mas esta teoria, por algum motivo, não se aplica a Rachel. Eu ia à casa dela determinado a fazê-la falar e, pouco depois, estava falando mais do que alguém sob efeito de drogas.

INT. QUARTO DE RACHEL

A segunda ou terceira vez que GREG foi até a casa de RA-
CHEL. Os dois estão sentados, de pernas cruzadas, no chão.

>GREG
>
>Então. Qual é o canal de televisão que você gosta de assistir?

>RACHEL
>
>O que estiver ligado, acho.

>GREG
>
>*irritado pela inexpressividade calma da resposta*
>
>Então, tipo. Programas sobre a natureza? Reality shows? Ou simplesmente vale tudo?

>RACHEL
>
>É, isso aí.

>GREG
>
>Mas não os canais de comida?

Rachel dá de ombros.

                  GREG

O meu problema com os canais de comida é o seguinte: metade do tempo a comida parece nojenta ou estranha. Está coberta com um molho estranho que parece esperma, ou é lula com casco de bode ou coisa que o valha. Aí, na outra metade do tempo, se tem alguma coisa boa, e as pessoas comem, elas ficam tipo "*Humm*, isso é *delicioso*" - e é pior ainda! Porque você não consegue comer. Você fica apenas assistindo a essas pessoas comerem algo delicioso e nem dá para saber o gosto, e você quer se matar. Mas na maior parte do tempo a comida não parece tão boa assim.

                 RACHEL
           diplomaticamente

Algumas pessoas acham que ela parece boa.

                  GREG

Mas, então, veja outra coisa: é sempre uma *competição* de comida. Comida não é esporte. É ridículo ver cozinheiros competindo uns contra os outros. Como no "Iron Chef", que sempre acontece no Kitchen Stadium. Kitchen *Stadium*? Isso é ridículo. E no fim é tipo: "Você competiu com honra." Como é possível ser *desonrado*? Você estava preparando uma *sopa*.

                 RACHEL
       dando uma risadinha

Humm.

GREG

Quer dizer, se os canais de comida podem transformar *comida* em esporte, por que parar por aí? Você sabe? "*Iron Bombeiro*, hoje à noite na Arena da Privada." Ou... ou... não, peraí. Peraí, esqueci uma: "Ao vivo, do Centro da Privada: *Supercagões*."

Quatro horas depois. Greg e Rachel estão EXATAMENTE NA MESMA POSIÇÃO.

GREG

... acho que minha questão é apenas isso, é estranho que a gente tenha animais vivendo em nossas casas. É apenas estranho.

RACHEL

Provavelmente eu deveria ir jantar.

GREG

assustado

Peraí, que horas são?

RACHEL

Por volta de 8 horas.

GREG

Puta merda.

Do seu jeito silencioso, Rachel, na verdade, era meio que brilhante.

1. Rachel estava usando a minha tática contra mim. Parabéns pra ela. Isso é um comportamento de judô faixa-preta. Orquestrou nossas conversas para que eu falasse e ela ficasse ouvindo. Com certeza, era como se eu passasse tempo com ela. Eu falei que esta tática é incrível. Além disso, ela arrebentava como ouvinte. Quer dizer, na posição dela, eu realmente teria ficado entediado ou irritado. "*Supercagões*", Greg? Minha nossa.

2. Rachel não estava sugerindo que a gente saísse ou se casasse. Embora eu tivesse dito que tinha sido superapaixonado por ela, ela não estava tentando recuperar o tempo perdido. Provavelmente isso faria com que eu surtasse e talvez fingisse ter um problema mental grave, que é a tática que eu tenho considerado de vez em quando para sair das situações. É uma tática que eu usaria se um dia fosse atacado no vestiário pelos atletas, por exemplo. Na televisão, atletas gostam de atormentar as crianças com problemas mentais, mas, na vida real, já observei que todo mundo simplesmente quer ficar longe delas. De qualquer forma, eu temia que isso se tornasse necessário com Rachel, mas, graças a Deus, não foi.

3. Ao me fazer falar tanto assim, Rachel finalmente estava conseguindo me fazer divulgar informações confidenciais que, em última instância, me conduziriam à ruína. Estou dizendo muita coisa? Talvez eu esteja me expondo demais.

```
INT. QUARTO DE RACHEL - DIA

A terceira ou quarta vez de GREG na casa de RACHEL. GREG
percebeu que uma das fotos de HUGH JACKMAN tem olhos que
meio que apontam cada um para um lado, e um dos OLHOS o
```

está seguindo por todo o cômodo. Rachel parou de falar nesse minuto.

                      GREG
               distraído
O quê?

                     RACHEL
Eu realmente não estava dizendo nada importante.

                      GREG
Desculpe, o olho direito assustador do Hugh Jackman está me seguindo pelo seu quarto.

                     RACHEL
Ele não é assustador!

                      GREG
Sobre o que estávamos falando?

                     RACHEL
Escola judaica.

                      GREG
Certo. Que perda de tempo.

                     RACHEL
Você acha?

                      GREG
Não aprendi coisa alguma. Sério, não consigo lhe dizer nada sobre os judeus. Eu *sou* um judeu, e ainda mereço ser reprovado em judaísmo.

RACHEL
Eu acho que se chama judaísmo.

GREG
Sabe, é disso que estou falando. E, definitivamente, não sei no que os judeus acreditam. Tipo, será que acreditam em céu? Será que devemos acreditar nisso?

RACHEL
Não sei.

GREG
Pois é. Será que tem um céu judeu? O que acontece quando os judeus morrem? Você sabe?

HUGH JACKMAN olha para Greg de cara feia.

GREG
Ai, merda.

RACHEL
O que foi?

GREG
apressadamente
Hum, nada. Desculpe, sou um idiota.

RACHEL
Pelo quê?

GREG

Hum.

de modo tão estúpido quanto é possível falar destas coisas

A história da morte.

RACHEL

Greg. Eu não estou *morrendo*.

GREG

mentindo

Pois é. Eu sei.

RACHEL

estreitando os olhos

Estou *doente*, mas todo mundo adoece. Só porque você está doente não quer dizer que você vai morrer.

GREG

com falsidade

Pois é, pois é, pois é, pois é, não, pois é.

RACHEL

Você acha que eu estou pra morrer.

GREG

mentindo para livrar a própria cara

Não! Nã-o-o!

RACHEL

cautelosa

Hum.

INT. QUARTO DE RACHEL - DIA

Quarta ou quinta vez que GREG está no quarto de RACHEL. Greg está na cama com as costas para HUGH JACKMAN, embora isso signifique que ele tem que encarar DANIEL CRAIG de sunga, com um grande sorriso patético no rosto.

            DANIEL CRAIG
Você pode ver o esboço do meu genital! Não é *incrível*?

            RACHEL
      dando uma risadinha
Nem é assim que o Daniel Craig fala.

            GREG
Tenho que me aquecer. Não estou no modo sotaque.

            RACHEL
Isso parecia sotaque de caubói.

            GREG
Pois é, eu estava usando a parte errada da minha boca. Sotaques têm tudo a ver com certas partes da boca. Por isso os rostos dos estrangeiros parecem, às vezes, meio feridos. Por isso o Daniel Craig tem aquele bico estranho, parecido com o de uma mulher.

            RACHEL
Ele *não tem*.

GREG
Olha só pra ele! Olha como ele tá fazendo beicinho. Na verdade, ele até parece um sapo.
entrando no piloto automático porque Rachel continua em silêncio, esperando
Eu apenas sei muita coisa sobre sotaques, mesmo não conseguindo imitar. Estudei, quer dizer, vi um monte de filmes. Para falar a verdade, uma coisa legal sobre os sotaques é o modo como eles mudam de, tipo, oitenta anos, depois, quarenta anos atrás até agora, quando você vê filmes que são antigos. A boca das pessoas simplesmente tinha um formato diferente na época, acho.

Algumas vezes, quero andar por aí imitando um sotaque norte-americano dos anos de 1950 porque, sob alguns aspectos, ele é o sotaque mais estranho que há. Quando as pessoas ouvem, não pensam: "1950"; elas pensam que o cara parece muito esquisito, rígido e conservador, feito um robô filho da puta, e não sabem o porquê.

Quer dizer, eu tive que ver um bocado de filmes da época antes de entender que as pessoas simplesmente falavam diferente.

RACHEL
Então, você é mesmo um especialista em cinema.

GREG
Não sou um especialista. Apenas vi um monte de filmes.

                    RACHEL
          Qual é o seu filme favorito?

INT. SALA DE TV DOS GAINES - DUAS HORAS DEPOIS

Na tela: KLAUS KINSKI. No sofá: RACHEL e GREG. No colo de
Greg: uma travessa contendo as sobras de BIFE DE CONTRAFI-
LÉ que ele encontrou na geladeira.

                     GREG
          Está vendo como a câmera se move, meio nervosa, como se
          segurassem com a mão? Então, dá pra entender como ela
          faz o filme parecer menos ficção e mais como se tivesse
          realmente acontecido? Você sabe o que isso significa?

                    RACHEL
          Sim, acho que sei.

                     GREG
          É incrível, não é? E fica assim porque parece um docu-
          mentário. Porque é o trabalho de câmera que se faz num
          documentário, muito tempo segurando a câmera, sem
          imensas e suaves filmagens com grua, como nos grandes
          filmes de ação.

                    RACHEL
          Parece um pouco reality TV.

                     GREG
          Isso! Isso também. A não ser pela iluminação dos rea-
          lities sempre ser realmente artificial... E aqui eles
          não podem mesmo levar um monte de luzes artificiais

para a selva. Na verdade, eles poderiam não ter coisa alguma além de refletores.

      RACHEL
O que são refletores?

      GREG
   mordendo a carne
Humm, refletores, humf... ficam pendurados, essa cena é incrível.

      RACHEL
Você devia tentar fazer uns filmes.

      MAMÃE
   da porta
Ele faz! Mas não deixa ninguém ver.

      GREG
MÃE! QUE DIABOS VOCÊ ESTÁ FAZENDO?

      MAMÃE
Ah, querido. Você não ofereceu à Rachel algo para comer?

      GREG
MINHA NOSSA, MÃE!

      RACHEL
Eu não estou com fome!

GREG

furioso

Mãe. Minha nossa. Você não pode simplesmente ficar espionando a gente da porta. E você defi...

MAMÃE

Eu apenas estava *passando* e ouvi a Rachel

GREG

... nitivamente não pode simplesmente contar essas coisas às pessoas, huum...

RACHEL

É.

MAMÃE

Greg, você está sendo um pouco ridículo sobr...

GREG

... as coisas que, você *sabe*, são realmente priv...

AGUIRRE

Quando eu desejar que os pássaros caiam das árvores, então os pássaros cairão.

MAMÃE

Você se esforça tanto nesses filmes com Earl e depois...

RACHEL

Está tudo bem, eu não preciso ver os filmes.

GREG
Viu? Você ouviu isso?

MAMÃE
Apenas guarda para você, como se não quisesse...

GREG
Ouviu... *mãe!* Você ouviu o que a Rachel falou?

MAMÃE
Ela só está sendo simpática. Greg, você está com um pouco de suco no queixo.

GREG
Dá, *por favor*, para *simplesmente sair daqui?*

MAMÃE sai, sorrindo ironicamente, como se acabasse de fazer algo inteligente e não fosse, de fato, uma MÃE TERRÍVEL. Enquanto isso, Greg volta a comer bife de contrafilé, porque, quando fica estressado, come compulsivamente.

RACHEL
Ora, vamos rebobinar. Acho que perdemos uma parte importante.

GREG
Pois é, é, tipo, a melhor parte.

RACHEL
após um longo silêncio
Se os seus filmes são secretos, eu não vou contar a ninguém. Pode confiar em mim.

                    GREG
         frustrado
Não é que eles sejam *secretos*. É apenas que eles não são bons o suficiente para serem vistos. Quando a gente fizer um realmente bom, vamos deixar as pessoas assistirem.

                    RACHEL
Isso faz sentido.

                    GREG
O quê?

                    RACHEL
Eu entendo.

                    GREG
Ah.

Eles trocam olhares.

Se isso fosse uma história sentimental e romântica, neste momento um "SENTIMENTO NOVO E ESTRANHO" tomaria conta de Greg - uma sensação diferente por ser compreendido, de um jeito simples, como ele praticamente nunca é compreendido. Então, Greg e Rachel transariam como cães no cio.

No entanto, esta não é uma história sentimental e romântica. Não há SENTIMENTO NOVO tomando conta de Greg. Não há TRANSA DE CÃES NO CIO.

Em vez disso, Greg meio que se mexe, inquieto, e interrompe a troca de olhares.

                    RACHEL
Será que posso pegar um guardanapo ou algo assim?

                    GREG
Não, não, eu vou pegar.

Capítulo 13

O RESTANTE DA HISTÓRIA DE EARL

O primeiro filme que Earl e eu refizemos foi *Aguirre, a cólera dos deuses*. Óbvio. Não poderia ter sido outro. A gente tinha 11 anos e já tínhamos assistido ao filme aproximadamente trinta vezes, ao ponto de memorizar todas as legendas e até alguns dos diálogos em alemão. Às vezes, repetíamos os diálogos, quando a professora fazia alguma pergunta. Earl, em particular, fazia muito isso, quando não sabia a resposta.

```
INT. A AULA DA SRA. WOZNIEWSKI NO QUINTO ANO - DIA

                    SRA. WOZNIEWSKI
        Earl, você poderia nomear as camadas da Terra?

Os olhos de EARL se esbugalham. Ele respira com força pelo
nariz.

                    SRA. WOZNIEWSKI
        Vamos começar com a mais interior. Qual é a outra pa-
        lavra para...
```

                        EARL
Ich bin der große Verräter.
[*legenda*: Eu sou o grande traidor.]

                    SRA. WOZNIEWSKI
Humm.

                        EARL
Die Erde über die ich gehe sieht mich und bebt.
[*legenda*: A terra sobre a qual caminho me vê, e treme.]

                    SRA. WOZNIEWSKI
Earl, você quer nos dizer o que isso significa?

                        EARL
            olhando a turma de cara feia
Grrh.

                    SRA. WOZNIEWSKI
Earl.

                        EARL
        ficando em pé e apontando para a SRA. WOZNIE-
        WSKI, ele se volta para a turma
Der Mann ist einen Kopf größer als ich. DAS KANN SICH
ÄNDERN.
[*legenda*: Esse homem é uma cabeça mais alto do que eu.
ISSO PODE MUDAR.]

                    SRA. WOZNIEWSKI
Earl, por favor, sente-se no corredor.

E então, um dia, meu pai comprou uma câmera de vídeo e um software de edição para o computador. Era para gravar as palestras dele, ou algo assim. Nós não sabíamos os detalhes; sabíamos apenas que detalhes eram chatos. Sabíamos que esta tecnologia entrara em nossas vidas por uma razão: nós tínhamos que recriar cada um dos quadros de *Aguirre, a cólera dos deuses*.

Calculamos que ia durar mais ou menos uma tarde. Em vez disso, isso levou três meses, e quando eu digo "isso", quero dizer "recriar os primeiros dez minutos e depois desistir". Como Werner Herzog, na selva sul-americana, encaramos retrocessos e dificuldades praticamente inimagináveis. Estávamos sempre filmando por cima da nossa gravação, ou não filmando, ou ficando sem bateria na câmera. Não sabíamos realmente como a luz ou o som deveriam funcionar. Alguns dos integrantes do elenco – sobretudo Gretchen – se mostraram incapazes de dizer as falas de modo adequado ou de ficar no personagem ou de não enfiar o dedo no nariz. Além disso, nós costumávamos ter um elenco de apenas três pessoas, ou duas, se alguém precisasse segurar a câmera. A locação que usávamos era o Frick Park, e corredores e passeadores de cães ficavam entrando no quadro, e, então, faziam coisa pior tentando conversar:

P: Vocês dois estão fazendo um filme?
R: Não. Estamos abrindo um restaurante italiano mais em conta.
P: Há?
R: *Sim. É claro que estamos fazendo um filme.*
P: Qual é a história do filme?
R: É um documentário sobre a burrice humana.
P: Posso aparecer no seu filme?
R: *Nós* é que seríamos burros se *não* puséssemos você nele.

Além disso, era impossível reproduzir os adereços e as roupas. Earl usava uma panela na cabeça e parecia ridículo. Nada que tínhamos se parecia com canhões ou espadas. Minha mãe disse que não podíamos levar a mobília de casa para o parque, e aí, quando fizemos isso, ficamos com os privilégios-para-uso-da-câmera suspensos por uma semana.

Além disso, nosso processo era terrivelmente estúpido. Nós íamos para o parque, depois esquecíamos completamente qual cena estávamos gravando ou, se lembrávamos, não conseguíamos recordar as falas e o movimento de câmera e onde os personagens começavam e onde terminavam; lutávamos por um tempo para filmar algo que pensávamos que era correto, sem sucesso. Finalmente, a gente voltava para casa e tentava anotar o que supostamente tínhamos feito, mas então terminávamos almoçando ou vendo um filme ou coisa assim; no fim do dia, tentávamos botar tudo no computador, mas sempre havia alguma filmagem perdida e as cenas que sobreviviam eram um lixo – iluminação ruim, diálogos que não se podiam ouvir, câmera trêmula.

Então fizemos isso durante meses; no fim das contas, percebemos que estávamos lentos no trabalho e desistimos depois de criar dez minutos de filmagem.

Então minha mãe e meu pai insistiram em ver o que nós tínhamos feito.

Foi um pesadelo. Por dez minutos, Earl e eu observamos com horror enquanto, na tela, perambulávamos por aí com tubos de papelão e pistolas de água, murmurando num alemão falsificado, ignorando corredores bem-dispostos, famílias e idosos com beagles. Nós já sabíamos que estava ruim, mas, por alguma razão, com meus pais ali assistindo, ele parecia dez vezes pior. Nós nos demos conta de novos meios pelos quais era uma porcaria: que realmente não havia um enredo, por exemplo; que nós esquecemos de pôr a música; que não dava para ver nada na metade do tempo; que Gretchen apenas fitava a câmera feito um bichinho de estimação; e que Earl, obviamente, não gravou as falas – e que eu sempre, sempre, *sempre* tinha uma expressão estúpida no rosto, como se tivesse acabado de fazer uma lobotomia. E a pior parte foi que *mamãe e papai fingiam que gostavam dela*. Eles ficavam nos dizendo que era impressionante, que nós tínhamos atuado bem, que eles não podiam acreditar que tínhamos feito uma coisa tão boa. Eles literalmente faziam ohs e ahs para o lixo imbecil na tela.

Basicamente, estavam lidando com a gente como se nós fôssemos bebês. Eu queria me matar. Earl queria também. Em vez disso, simplesmente ficamos sentados ali e não dissemos nada.

Depois nós nos retiramos para o meu quarto, decepcionados ao extremo.

INT. MEU QUARTO - DIA

              EARL
Droga. Isso ficou uma bosta.

              GREG
Nós somos uma bosta.

              EARL
Eu sou uma bosta muito maior que você.

              GREG
      tentando parecer indiferente por Earl,
      aos 11 anos, poder dizer palavras feito "bosta"
Humm, merda.

                    EARL
Que bosta.

                    PAPAI
          em off, do outro lado da porta
Rapazes, o jantar sai em dez minutos.
          depois de uns segundos sem respostas
Rapazes? Isso foi realmente incrível. Mamãe e eu estamos muito impressionados. Vocês dois deveriam mesmo estar orgulhosos.
          uma pausa mais curta
Rapazes, vocês estão bem? Posso entrar?

                    EARL
          imediatamente
Diabos, não.

                    GREG
Estamos bem, papai.

                    EARL
Se ele entrasse aqui e falasse sobre aquele filme estúpido, eu ia me chutar na cabeça.

                    PAPAI
OK, então!

Passos indicam que PAPAI foi embora.

                    GREG
Foi uma tremenda bosta.

                    EARL
Eu ia pegar aquela fita e queimar.

                    GREG
          ainda tendo dificuldade em xingar de modo con-
          vincente
Pois é, humm, bosta. Merda.

GREG e EARL ficam em silêncio. CLOSE em Earl. Earl percebe uma coisa.

                    EARL
Werner Herzog pode lamber a minha nádega.

                    GREG
O quê?

                    EARL
Cara, foda-se *Aguirre, a cólera dos deuses*. Werner Herzog pode enfiar a cara dele na minha bunda.

                    GREG
          em dúvida
OK.

                    EARL
Temos que fazer nosso *próprio* filme.
          recobrando as forças
Nós não podemos tentar fazer o filme de outra pessoa. Vamos fazer o *nosso* filme.

                    animado agora
          Vamos fazer um filme chamado A cólera dos deuses II.

                              GREG
          Earl, a cólera dos deuses II.

                              EARL
          ISSO!

Em nossa parceria criativa, Earl sempre tinha as melhores ideias, e *Earl, a cólera dos deuses II* foi uma das melhores. Nunca teria me ocorrido, embora não fosse uma ideia tão complicada nem tão louca: basicamente era refazer *Aguirre* mais uma vez, mas desta vez mudar todas as partes que não conseguíamos fazer, ou mesmo as partes que não tínhamos vontade de fazer. Se houvesse uma cena da qual não gostássemos, em nossa versão, ela não existia. Um personagem que não conseguíssemos recriar: *sayonara*. Uma selva que não conseguíssemos reproduzir: convertia-se em sala de estar, ou no interior de um carro. As melhores ideias são sempre as mais simples.

Então *Earl, a cólera dos deuses II* acabou sendo sobre um cara maluco, chamado Earl, e sua busca pela cidade de Earl Dorado *em uma casa normal de família, em Pittsburgh*. Filmamos na residência dos Gaines, em Point Breeze, tivemos que improvisar um monte de diálogos, Cat Stevens fez algumas aparições incríveis, nós colocamos a coisa toda num CD que meu pai tinha por ali, e levou mais um mês ou dois. No fim, gravamos num DVD e tivemos uma sessão secreta do filme na sala de TV.

Ficou uma bosta. Mas não chegou nem perto de ficar tão ruim quanto o primeiro filme.

Nossas carreiras estavam nascendo.

Capítulo 14

CAFETERIORAÇÃO

Então, em outubro, as coisas realmente ficaram estranhas. Havia uma pessoa na escola com a qual eu era especialmente simpático e com quem passava o tempo e coisas assim. Será que podíamos usar a palavra "amiga"? Acho que sim. Rachel era minha amiga. Você deveria saber que escrever essa frase não parecia bom. Simplesmente não parecia. Ter amigos é a maneira de tornar a sua vida uma merda.

De qualquer forma, eu não podia continuar a ignorá-la no colégio se passávamos todo esse tempo juntos fora dele; portanto, de repente, no colégio, eu era visto com uma amiga. Eu era visto por todo mundo conversando com Rachel antes e depois das aulas, e muitas vezes isso resultava em Rachel rindo meio alto, e isso chamava a atenção das pessoas. E quando era hora de trabalhar em grupo, nós quase sempre ficávamos no mesmo grupo. E as pessoas notavam coisas assim.

Então, provavelmente algumas pessoas pensavam que nós éramos namorados e talvez até estivéssemos transando. E como você poderia combater essa impressão sem parecer um babaca? Você não pode sair por aí fazendo observações como: "Com certeza não tem nada acontecendo entre mim e a Rachel! E especialmente nada sexual. Eu nem sei qual é a aparência do genital dela, nem se está num lugar diferente do lugar normal ou coisa assim."

Na melhor das hipóteses, as pessoas pensavam que estávamos saindo casualmente. E a questão é: a maior parte das pessoas, em especial, as garotas, parecia ficar animadinha com isso. Tenho uma teoria e a teoria é deprimente.

Teoria: As pessoas sempre ficam animadinhas quando uma garota sem-graça sai com um cara sem-graça.

Ninguém chegou e falou algo assim, mas eu acho que provavelmente é verdade. Quando as garotas veem dois sem graça saindo, elas pensam: "Ei! O amor é possível até pra gente sem graça. Elas têm que amar coisas diferentes umas nas outras, além da aparência física. Isso é tão fofo." Enquanto isso, os caras olham e pensam: "Esse aí é *menos um cara* com quem vou competir pelos peitos mais suculentos na competição-por-peitos que é o colégio."

E, inevitavelmente, passar o tempo com a Rachel significava ser, ao menos parcialmente, absorvido pelo grupo dela, "Subgrupo 2a das Veteranas Judias de Classe Média Alta": Rachel Kushner, Naomi Shapiro e Anna Tuchman. Naomi Shapiro tinha uma *persona* extravagante, barulhenta e sarcástica, que ela usava em todas as ocasiões, e Anna Tuchman era legal, mas invariavelmente apertava um livro de bolso com um título como *A espada do meridiano* ou *Separação pelo destino*, ou algo assim. Algumas vezes, antes da escola, eu era obrigado a passar o tempo com essas garotas. Era difícil fazer parte daquelas conversas por um período prolongado.

INT. CORREDOR DO BENSON - MANHÃ

                  ANNA
Urgh! Eu não queria ir para a aula de inglês hoje.

                  NAOMI
O SR. CUBALY É TÃO TARADO.

Risadinhas de RACHEL e ANNA.

                  NAOMI
        fingindo que não entendeu os risos
O QUÊ?! ELE SEMPRE ESTÁ TENTANDO OLHAR NA MINHA BLUSA.

Mais risos. GREG também tenta dar uma risadinha educada e falha.

                  NAOMI
É, TIPO, TIRE UMA FOTO, SR. CUBALY, VAI SE DIVERTIR MAIS.

                  ANNA
        fingindo estar horrorizada
Naomi-i-i-i-i-i!!

De repente, todo mundo está encarando Greg para ver o que ele acha de tudo isso.

                  GREG
        concluindo que a opção mais segura é simplesmente resumir tudo o que foi dito até ali
Huum... tirar uma foto dos peitos. Estilo Cubaly.

NAOMI
URGH! GAROTOS SÃO TÃO TARADOS. GREG, DÁ PRA VOCÊ PENSAR EM QUALQUER OUTRA COISA ALÉM DE SEXO?

O CORREDOR INTEIRO
ESTÁ CHEIO DE ESTUDANTES
Todos estão tomando nota da amizade risonha e brincalhona de Greg com esta pessoa barulhenta e desagradável.

Então, pois é, minha invisibilidade social conquistada com tanta dificuldade definitivamente estava fazendo sucesso. Eu até fiz a besteira de, uma tarde, concordar em almoçar com Rachel e as amigas na cafeteria, um local no qual eu não pisava havia anos.

A cafeteria é o caos. Primeiro, porque fica num estado perpétuo de disputa por comida. Não tão violenta a ponto de os seguranças se meterem, mas a certa altura alguém tentava jogar um pedaço de comida ou um pouco de tempero em alguém por perto, e, na metade do tempo, eles erravam e atingiam outra pessoa em uma parte diferente da cafeteria. Então é como uma das batalhas mais frias da Segunda Guerra Mundial.

Em segundo lugar, todo santo dia a comida é pizza e batatas fritas. Às vezes, para misturar as coisas um pouco, eles colocam pequenos nuggets de salsicha acinzentados, e que parecem cocô, na pizza, mas esse é o máximo que varia. Além disso, um monte de comida acaba no chão da cafeteria, e tanto a pizza quanto as batatas fritas ficam muito escorregadias quando você pisa nelas. Tem também um monte de Pepsi seca por ali, que fica grudenta e deixa tudo mais nojento ainda.

Finalmente, a cafeteria é extremamente cheia, o que significa que se você acidentalmente escorregar num rastro de queijo de pizza, ou numa batata frita amassada, provavelmente vai ser pisoteado e vai morrer.

Basicamente, é como uma prisão estadual de segurança mínima.

E então eu tinha que ficar sentado ali com a minha mochila empoleirada de um jeito estranho no meu colo, porque você não quer que a sua mochila fique debaixo da mesa, acumulando manchas de comida gordurosa e famílias de insetos, e eu comia o estranho, porém saudável almoço que papai embalara, porque se eu comesse pizza e batatas fritas todos os dias, eu seria ainda mais gordo e meu rosto teria uma espinha, em algum lugar, do tamanho de um olho humano. E Naomi estava falando em voz alta sobre Ross-dizendo-uma-grosseria-e-eu-estava-tipo-não-faça-isso, e eu tentava escutar com educação, e provavelmente tinha algum tipo de sorriso idiota ou careta no rosto. E era esse o estado em que eu me encontrava quando Madison Hartner se aproximou e sentou-se com a gente.

Então, caso você não se lembre, Madison Hartner é a garota insanamente gostosa que, provavelmente, está saindo com um dos Pittsburgh Steelers ou pelo menos um universitário ou coisa que o valha. Ela também é a garota com quem impliquei incansavelmente, no quinto ano, dando-lhe o apelido de Madison Fartner, a acusação de ter boca melecada etc. Agora isso tudo ficou para trás, claro, e em outubro deste último ano nós éramos vagamente amigos. Nós nos cumprimentávamos no corredor, às vezes, e talvez eu até fizesse algum tipo de piada leve e inofensiva, e ela talvez risse, ou coisa assim, e eu ficava sonhando acordado por alguns segundos sobre esfregar o nariz nos peitos dela, feito um filhotinho de panda, e então nós seguíamos com a vida.

Se eu queria ficar com a Madison? Sim. Claro que queria. Eu abriria mão de um ano da minha vida só para sair com ela.

Bem, de um mês. Não estou sugerindo que algum gênio estranho que conceda desejos a forçaria a sair comigo em troca de um mês da minha vida. Todo este parágrafo é uma idiotice.

Sabe, se você perguntasse pra mim: Greg, de quem que eu gosto, a resposta seria Madison. Mas na maior parte do tempo eu era capaz de não pensar em garotas, porque caras do colégio como eu são totalmente incapazes de ficar com as garotas com quem eles querem ficar, então não fazia sentido ficar pensando nisso feito um idiota patético.

Uma vez perguntei ao meu pai, à queima-roupa, sobre as garotas no colégio, e ele disse que, pois é, o colégio é impossível, mas que na faculdade é diferente, e que assim que eu chegasse lá "não deveria ter dificuldade pra afogar o ganso", o que era constrangedor, mas que, ao mesmo tempo, me tranquilizava. Depois, perguntei à minha mãe, e ela respondeu que, na verdade, meu problema é que sou muito bonito, e essa declaração imediatamente se tornou a evidência número 16.087 no caso *Mamãe x A Verdade*.

Tanto faz. Madison, a garota gostosa, e quase universalmente popular, veio andando até a gente e jogou a bandeja perto da bandeja da Rachel. Por que ela decidiu fazer isso? Olha, vou dar outra explicação longa e tediosa sobre alguma coisa. Eu sou o Josef Stalin dos narradores.

Há dois tipos de gostosas: gostosas-do-mal e gostosas-que-também-são-pessoas-simpáticas-e-de-bom-coração-e-não-vão-intencionalmente-destruir-a-sua-vida (GSBCNVIDV). Olivia Ryan – a primeira garota em nossa classe a fazer uma plástica no nariz – definitivamente é uma gostosa-do-mal, motivo pelo qual todo mundo morre de medo dela. Periodicamente, ela vai destruir, ao acaso, a vida de alguém. Ocasionalmente, porque aquela pessoa escreveu no Facebook algo como "Liv Ryan é uma vaaaca!!!", mas na maior parte do tempo não há razão para isso. É como um vulcão que subitamente entra em erupção na casa de alguém e derrete seus corpos. No Benson, eu estimaria que mais ou menos 75% das gostosas são más.

Mas Madison Hartner não é má. Na verdade, ela é, tipo, a presidente da GSBCNVIDV. A melhor prova disso é Rachel. Madison e Rachel eram, na melhor das hipóteses, conhecidas distantes antes de Rachel ter câncer, mas, quando o câncer apareceu, os hormônios da amizade foram acionados em Madison.

Deixe-me dizer a vocês que o problema com as GSBCNVIDV é que, apenas porque elas não destroem intencionalmente a sua vida, não significa que não destruam, às vezes, a sua vida. Não podem evitar. São como elefantes, se movendo alegremente pela floresta e acidentalmente pisoteando um esquilo sem nem perceber, um elefante gostoso e sexy.

Na verdade, Madison é bem parecida com a minha mãe. Ela é obcecada em praticar boas ações e é ótima em persuadir as pessoas a fazerem as coisas. Isso é simplesmente uma combinação incrivelmente perigosa, como vocês vão ver depois, neste livro, se eu puder sequer terminá-lo sem surtar e jogar meu laptop de um carro em movimento para dentro de um lago.

Muito bem. Então os hormônios da amizade da Madison, ativados pela leucemia de Rachel, começaram a ser bombeados através do organismo dela e, agora, ela demonstrava sua amizade se sentando junto com a gente durante o almoço.

– Tem alguém sentado aqui? – perguntou ela. Ela tem esse tipo de voz de mel escuro, que parece sábia e que não combina bem com sua aparência. Isso também é sexy. Eu me sinto feito um babaca escrevendo como ela é gostosa, por isso vou parar.

– ACHO QUE NÃO!! – falou Naomi.

– Senta com a gente – falou Rachel.

Então ela se sentou. Naomi estava em silêncio. O equilíbrio de poder mudara de modo que nenhum de nós percebera ainda. Havia tensão no ar. Era um momento de grande oportunidade e de maior perigo. O mundo estava prestes a mudar para sempre. E eu tinha carne na minha boca.

– Greg, isso parece um almoço interessante – falou Madison.

O almoço era sobras de fatias de carne, brotos de feijão e alface num recipiente plástico. Também havia um pouco de molho teriyaki e cebolinha. Basicamente parecia um alienígena que viera à Terra, tivera uma aula sobre como fazer salada, mas não tinha se saído muito bem no exame final. De qualquer forma, essa era a minha oportunidade e eu a agarrei.

– Eu já *tinha* almoçado – falei. – Isso é o vômito de um alienígena espacial.

Rachel e Anna deram um muxoxo, e *Madison, na verdade, deu uma risadinha*. Eu não tive tempo para registrar verdadeiramente as ramificações causadoras de uma ereção por causa disso, porque era evidente que Naomi estava prestes a fazer uma tentativa arrogante e irritante de retomar o centro da atenção, e eu tinha que evitar isso a todo custo.

– Pois é, como crédito extra na aula do sr. McCarthy, estou fazendo um documentário sobre os hábitos de vômito dos alienígenas espaciais. Eu os acompanho com a câmera e recolho o vômito em recipientes como esse. Você achou que eu ia comer isso? De jeito nenhum. Madison, você deve achar que sou um tarado. Sou um *historiador do vômito*, e você tem que ter um pouco de respeito. Por isso é que eu tenho esse belo espécime de vômito neste recipiente aqui. *Eu vou* fazer um pouco de *pesquisa* com ele.

Naomi tentava interromper, gritando "NOJENTO" ou "VOCÊ NÃO VAI PARAR COM ISSO?". Mas em vão. Eu estava ganhando impulso e tinham algumas boas risadas rolando, especialmente de Rachel, que, àquela altura, era a duquesa de Arfadavania.

— Eu *não* vou comer este precioso vômito. Deixem-me explicar uma coisa para vocês. Quando um alienígena vomita, é um sinal de confiança. Passei um *bocado* de tempo com alienígenas, ganhando sua confiança para que eles pudessem oferecer o maravilhoso vômito para mim, e eu *não* estou nem perto de sabotar essa confiança comendo o vômito. Embora pareça nutritivo e talvez tenha um gosto incrível. Basta checar. Deem uma olhada nessas coisinhas esquisitas que parecem esperma. Será que eles me fazem querer mandar ver neste vômito? E comer com a boca? *Obviamente*. Mas isso tem a ver com *confiança*. Próxima pergunta, Rachel.

Rachel arfava e roncava, impotente, por isso eu sabia que se lhe desse uma chance de falar, isso me permitiria recarregar um pouco sem deixar Naomi falar. Eu também estava tentando não me concentrar no fato de que provavelmente eu estava fazendo a garota mais gostosa do Benson rir.

— Onde você *encontra* alienígenas espaciais? — Foi o que Rachel finalmente conseguiu perguntar.

— Ótima pergunta — falei. — Em geral, os alienígenas espaciais se disfarçam de pessoas, mas se você souber o que procurar, pode identificá-los muito facilmente. — Eu estava dando uma olhada na cafeteria em busca de inspiração. Por algum motivo, me concentrei em Scott Mayhew, um dos retardados góticos que jogavam Magic Cards há dezoito mil palavras. Ele usava um sobretudo e andava por aí, desajeitado, com uma bandeja com o almoço da escola.

— Alienígenas têm um senso de moda incomum que gira em torno de sobretudos — continuei —, e eles realmente não entenderam como usar as pernas humanas e caminhar normalmente. Tipo, não olhem agora, mas o Scott Mayhew está ali. Pois é. Ele é um alienígena clássico.

Meu coração estava disparado. Por um lado, eu acabara de cometer um pecado capital no meu novo modo de ser: *Nunca fazer piada de alguém.* Falar bobagem sobre as pessoas provavelmente é a maneira mais fácil de fazer amigos e inimigos no colégio ou, na verdade, em qualquer parte, e, como notei um bilhão de vezes, isso é o oposto do meu objetivo na vida.

Mas, por outro lado, eu tinha três garotas estourando de rir, e uma delas era Madison, outra era Rachel, e eu tinha que seguir em frente.

— Provavelmente vocês viram o Scott correndo por aí todo esquisitão e coisa assim e pensaram "qual é o problema dele?". Ora, ele vem do espaço. A casa dele fica em algum meteoro fodido ou coisa assim. E levou muito tempo mesmo para nós chegarmos ao *nível de confiança* no qual ele me deixa carregar o vômito dele. Vocês nem sequer sabem quanta poesia alienígena eu tive que ouvir enquanto ficava sentado. A maior parte é sobre centauros. E, finalmente, esta manhã, depois que ele leu um pouco de sua poesia, eu estava, tipo: "Eu gostaria de lhe agradecer porque é muito bonito", e então ele estava, tipo: "*Eu* gostaria de honrá-lo com o meu *vômito*." E foi então que ele vomitou nesta coisa aqui. Foi dureza.

E então eu calei a boca, porque Scott tinha meio que parado o que estava fazendo e encarava a gente no outro lado da cafeteria. Ele não deve ter gostado do que estava vendo. Anna, Rachel e Madison estavam olhando para ele e rindo. E eu dizia coisas com um sorrisão idiota no rosto. Ele sabia que estávamos fazendo piada dele. Era óbvio. E me encarou com frieza e raiva.

— GREG, VOCÊ É ESQUISITO E NOJENTO — anunciou Naomi, dando um passo ansioso para o vazio.

— Greg, você está sendo malvado — falou Madison com um sorriso doce no rosto.

Como diabos eu ia sair dessa?

— Não. Não. Não! — gritei. — Naomi, vômito de alienígena não é nojento. Essa é a *questão*. Ele é raro e belo. E, Madison, não estou falando *maldades*. É o oposto. Estou *celebrando* essa ligação mágica que Scott e eu temos. Com o vômito dele. Que estou segurando agora neste recipiente.

Mas eu surtei. Temporariamente, perdi o autocontrole e falei bobagens sobre Scott Mayhew e provavelmente ele me odiava. E, além disso, agora eu tinha criado uma reputação como o cara que fala bobagem das pessoas. Surtei tanto que nem mesmo disse outra coisa até a campainha tocar para o tempo seguinte e, claro, por algumas semanas eu não voltei à cafeteria. Eu nem mesmo conseguia me sentar ali para almoçar sem ficar com o rosto quente e pinicando.

Mais tarde, Rachel me confidenciou que Scott Mayhew gostava de Anna.

— Ahhh. Isso faz sentido.

— Sério?

— Faz. Ela sempre está lendo sobre centauros e coisas assim.

— Acho que ele é esquisito demais para ela.

— Ele não é tão esquisito.

Eu ainda estava me sentindo culpado e irritado com toda aquela história do Scott.

— Greg, ele é bem esquisito. E o cabelo dele é nojento.

— Ora, ele não é tão esquisito quanto *eu*.

— Acho que você é quem faz o documentário sobre o vômito do alienígena espacial.

— Pois é.

— Os seus outros filmes são documentários?

Acho que Rachel estava tentando me dar uma oportunidade para emendar uma piada sobre alguma coisa aqui, mas, sinceramente, eu estava surtado demais para realmente dizer algo. Havia a história do Scott, e agora Rachel estava mencionando meus filmes e eu simplesmente não sabia o que fazer.

Por isso, meio que apenas retruquei:

– Humm. Não realmente. Humm.

Mas felizmente Rachel compreendeu o que isso significava.

– Desculpe, sei que são um segredo. Eu não deveria ter lhe perguntado sobre eles.

– Não, estou sendo tolo.

– Não, você não está. É importante que sejam secretos. Não quero que você os descreva para mim.

Tenho que dizer isso: naquele momento, Rachel foi incrível. Enquanto isso, acho que provavelmente tenho que descrever os filmes para vocês. Vocês estão sendo menos incríveis que a Rachel, seus leitores burros.

Quer dizer, sou eu quem decide que vocês têm que ler sobre eles; portanto, na verdade, sou eu quem está sendo uma fábrica de cocô neste minuto.

Isso não deveria surpreender ninguém.

Capítulo 15

GAINES/JACKSON: OBRAS RECOLHIDAS

Obviamente, esta é apenas uma lista parcial.

Earl, a cólera dos deuses II (dir. G. Gaines e E. Jackson, 2005). Sim, eu sei. O *II* não faz sentido. Deveria ter sido *Aguirre, a cólera dos deuses II* ou *Earl, a cólera dos deuses I*. Uma coisa assim. Na época, *Earl, a cólera dos deuses II* parecia funcionar. Além disso, tínhamos 11 anos. Dá um tempo.

De um jeito ou de outro, a atuação excepcional de Earl como um conquistador espanhol psicótico, que fingia falar alemão, foi obscurecida por uma quase total ausência de enredo, desenvolvimento de personagens, diálogos inteligíveis etc. Por experiência, provavelmente nós tínhamos que ter filmado menos o Cat Stevens se irritando e atacando um de nós. Nós também devíamos ter acrescentado legendas, porque não há meio de dizer o que Earl está tentando dizer. "Ich haufen mit staufen ZAUFENSTEINNN", por exemplo. Parece ótimo, mas traduzido literalmente significa "Eu empilho/junto/acumulo com [alguma bobagem] bebendo PEDRA DE ÁLCOOL". ★

Ran II (dir. G. Gaines e E. Jackson, 2006). Nós, na verdade, aceleramos as coisas com *Ran II*, com fantasias, trilha sonora, armas e um enredo que realmente nos sentamos para tentar escrever antes de começar. Aqui está: um imperador e seus filhos estão jantando. Um dos filhos zomba do imperador. O imperador se enfurece e mata o bobo da corte. A esposa de um dos outros filhos corre e anuncia que ela acaba de se casar com outro imperador. Esfregam os nós dos dedos na cabeça dela até a mulher morrer. O segundo imperador, nesse meio-tempo, mora em um banheiro, come sabão e tem uma longa cena de surto quando um mensageiro lhe conta que a mulher está morta. O mensageiro, no fim das contas, era o filho rebelde. No entanto, o filho rebelde comete o erro de caminhar debaixo de uma árvore onde um assassino misterioso está esperando com um pouco de pasta de dentes. O assassino e o primeiro imperador se perseguem através da floresta durante algum tempo. Isso faz com que o segundo imperador tenha uma cena de surto ainda mais longa. Finalmente, ele corre para a sala de estar e comete o suicídio-cotovelo-testa, enquanto o bobo da corte, que por-alguma-razão-voltou-a-viver, canta uma canção sem sentido em voz muito alta.

E é quando as coisas ficam complicadas. ★★

Apocalypse later (dir. G. Gaines e E. Jackson, 2007). Mais uma vez, não é nosso melhor título. Assim que descobrimos o que era o apocalipse, pensamos que era ridículo que *Apocalypse now* não fosse, de fato, sobre o fim do mundo. Este filme pode ser mais bem resumido assim:
1. Earl, usando uma bandana e segurando uma pistola d'água, exige saber quando o apocalipse vai acontecer.
2. Em off, digo a Earl que o apocalipse não vai acontecer por enquanto.
3. Earl se senta numa cadeira e xinga um bocado.
4. Repete. ★½

Star peaces (dir. G. Gaines e E. Jackson, 2007). É o ano de 2007 no planeta Terra, não é o futuro e, embora ele tenha um nome incrível, Luke-louco-barra-pesada é o cara mais preguiçoso de toda a vizinhança. Por exemplo: sua carteira não tem nada além de pudim e, em vez de querer sair com ele, as garotas preferem socá-lo no estômago. Então ele descobre dois robôs numa caixa de areia, que lhe dizem que ele pode mover as coisas com a mente. Não há evidência de que isso seja verdade, mas ele conta para todo mundo, de qualquer forma, e quando pedem que ele faça uma demonstração, ele fica com muita raiva e faz a dança do robô (com raiva). A certa altura, ele acha que a bicicleta é algum tipo de Venom futurista e a utiliza para andar pelo Frick Park com uma pistola d'água, fazendo barulhos espaciais com os lábios e atacando as pessoas que ele acha que são Stormtroopers. Então a polícia aparece, isto é, policiais de verdade que não estavam no roteiro, mas que são chamados por uma senhora idosa, que os policiais quase atropelaram. Isso acabou sendo ótimo, porque nós não tínhamos mesmo escrito um final. ★★½

Hello, good-die (dir. G. Gaines e E. Jackson, 2008). Um marco! Este foi o primeiro de muitos de nossos filmes em que usamos fantoches de meia. James Bondage, superespião britânico, acorda na cama com uma bela mulher, que, em segredo, é um fantoche de meia. Nós sabemos que é um segredo quando James Bondage diz: "A coisa mais linda em você é que você não é um fantoche de meia." ★★½

Cat-ablanca (dir. G. Gaines e E. Jackson, 2008). A questão é: gatos não sabem atuar. ★

2002 (dir. G. Gaines e E. Jackson, 2009). Nós nos sentimos muito livres depois de ver *2001 – Uma odisseia no espaço*. Se *Aguirre, a cólera dos deuses* nos ensinou que o enredo de um filme não tem que ter um final feliz, *2001* nos ensinou que um filme não precisa nem de enredo, pra começo de conversa, e um monte de cenas podem ser simplesmente cores esquisitas. Artisticamente, este é o nosso filme mais ambicioso, o que também faz com que seja o menos divertido de assistir. ★★½

O gat-idato da Manchúria (dir. G. Gaines e E. Jackson, 2010). Os gatos não apenas não sabem atuar, como também odeiam usar roupas. ★★★½

Capítulo 16

FELIZMENTE O FIM DO QUE FOI UMA QUANTIDADE RIDÍCULA DE HISTÓRIAS SOBRE EARL

No fim das contas, fizemos quarenta e dois filmes, começando com *Earl, a cólera dos deuses II*. Nós tínhamos um ritual para quando cada filme estivesse terminado: gravávamos em dois DVDs, apagávamos o filme no computador do meu pai, e então levávamos o material de filmagem para o lixo atrás de nossa casa, enquanto Earl fumava um cigarro. Minha mãe costumava observar, com ar de reprovação, enquanto isso acontecia (ela achava que nós íamos querer a filmagem depois e, além disso, embora tolerasse o cigarro, ao mesmo tempo não era exatamente sua maior fã, mas ela deixava a gente à vontade porque não lhe dávamos uma escolha).

Nós não queríamos ninguém, além de nós, vendo os filmes. Ninguém. Nem minha mãe nem meu pai; sabíamos que não podíamos confiar na opinião deles. Nem em nossos colegas; não ligávamos para a opinião deles depois do fiasco da sessão *Aguirre, a cólera dos deuses*. Além disso, nós não éramos amigos deles de verdade.

No caso de Earl, é fato que ele apenas não ligava a mínima para fazer amigos. Eu era o melhor amigo que ele tinha e, além de fazer filmes, nós não passávamos tanto tempo assim juntos. No colégio, ele começou a passar muito tempo sozinho; eu não sabia aonde ele ia, mas não era para a casa dele, nem para a minha. Houve uma época em que ele usava drogas, mas eu não estava por dentro de nada disso. Não durou muito também; fizemos dois filmes, nos quais ele meio que chapou o tempo todo (*Caminhe, Lola, caminhe*, de 2008, *Gay I*, de 2008), e então rapidamente se recompôs. No oitavo ano, tinha se limitado aos cigarros. No entanto, continuava a ser uma pessoa muito solitária, e havia semanas nas quais eu não o via.

E quanto a mim: no colégio, simplesmente tive dificuldade em fazer amigos. Não sei por quê. Se eu soubesse, não teria sido tão impossível. Uma coisa era que eu simplesmente, em geral, não tinha interesse no que interessava aos outros garotos. Para um monte deles, era esporte ou música; duas coisas das quais eu simplesmente não conseguia gostar. Música, na verdade, apenas me interessava como trilha sonora de um filme e, quanto aos esportes, quer dizer, fala sério. Uns caras jogando bolas por aí ou tentando derrubar uns aos outros, e você supostamente deveria assistir a isso durante três horas seguidas... Meio que parece perda de tempo. Eu não sei. Não quero parecer condescendente, por isso não vou dizer mais coisa alguma, a não ser que é literalmente impossível imaginar uma coisa mais imbecil que esportes.

Então eu realmente não compartilhava dos interesses de outra pessoa. Mais objetivamente, se eu estivesse em algum tipo de situação social, não faria ideia sobre o que falar. Sem dúvida, eu não sabia fazer piadas que não fossem parte de um filme, e então, em vez disso, eu surtava e tentava pensar nas coisas interessantes possíveis de se dizer, e geralmente eram assim:

1. Vocês já perceberam que as pessoas se parecem com roedores ou pássaros? E dá pra classificá-las desse jeito, tipo,

eu definitivamente tenho mais cara de roedor, mas vocês parecem pinguins.
2. Se isso fosse um videogame, vocês poderiam simplesmente quebrar tudo neste quarto e um bocado de dinheiro apareceria nele, e nem mesmo teriam que pegar, bastava caminhar na direção dele e subitamente ele estaria na sua conta bancária.
3. Se eu falasse como o cantor líder de uma banda de rock das antigas, tipo, por exemplo, o Pearl Jam, todo mundo pensaria que eu literalmente tinha um ferimento grave na cabeça. Então por que o cara do Pearl Jam pode fazer isso?

Há todas essas coisas incríveis sobre as quais conversar quando você é amigo de alguém, mas não quando você está apenas tentando ter uma conversa agradável. E, por alguma razão, eu nunca chego ao estágio da amizade. No colégio, descobri como conversar um pouco melhor com as outras pessoas e decidi que não queria realmente ser amigo de alguém. Além de Earl, que, como eu falei, era mais um colaborador, na verdade.

E as garotas? Esqueça as garotas. Nunca houve qualquer chance com garotas. Para referência, leia o capítulo 3, "Vamos apenas eliminar este capítulo constrangedor".

Então, para concluir, nunca mostramos os filmes para ninguém.

Capítulo 17

O GABINETE DO SR. MCCARTHY

O sr. McCarthy é um dos poucos professores razoáveis no Benson. Ele está do lado jovem e parece, de alguma maneira, imune às características destruidoras do colégio. Muitos dos jovens professores do Benson gritam, pelo menos, uma vez ao dia; uns poucos são apenas meio burros e tirânicos, nos moldes convencionais; mas o sr. McCarthy é o cara.

Ele é branco, mas tem cabeça raspada e os braços são cobertos de tatuagens. Nada o deixa mais ligado que os fatos. Se alguém na turma cita um fato de qualquer tipo, ele bate no peito e grita: "FATO VERDADEIRO" ou, às vezes, "RESPEITEM A REFERÊNCIA". Se o fato estiver errado, torna-se "FATO FALSO". Ele toma sopa vietnamita de uma garrafa térmica o dia todo, e se refere a tomar sopa como "consultar o oráculo". Em raras ocasiões, quando ele realmente fica empolgado, finge ser um cachorro. Na maior parte do tempo, ele é enlouquecedoramente fácil de lidar, e às vezes dá aula descalço.

De qualquer forma, o sr. McCarthy é o único professor com quem tenho algo próximo de amizade, e ele deixa eu e Earl comermos no gabinete dele.

Earl sempre fica melancólico nessa época. Ele faz aulas nas turmas de reforço e os colegas são uns idiotas. Além disso, todas as turmas de reforço ficam no andar B, ou seja, abaixo da superfície da Terra.

E, por falar nisso, Earl é inteligente o suficiente para se dar bem em qualquer aula que ele queira. Não tenho ideia do motivo dele para ter aulas com as turmas de reforço, e a decisão de fazer estas aulas é uma coisa que demandaria a exploração de uns vinte livros, por isso não vou entrar em detalhes aqui. A questão é que, lá pelo sétimo tempo, ele já foi exposto a quatro horas de estupidez esmagadora e quer cortar os pulsos. Nos primeiros dez minutos de almoço, ele balança a cabeça com raiva para tudo que eu digo. Depois finalmente ele para com isso.

– Então você anda passando o tempo com a tal garota agora – falou ele no dia seguinte ao imprudente almoço na cafeteria.
– É.
– Sua mãe ainda está obrigando você.
– Pois é, por aí.
– Ela vai morrer ou coisa que o valha?
– Humm – falei. Eu realmente não sabia o que dizer sobre isso. Quer dizer, ela tem câncer. Mas *ela* não acha que vai morrer, então eu me sinto meio mal quando estamos juntos porque todo o tempo fico pensando: você vai morrer, você vai morrer, você vai morrer.

A expressão de Earl era impassível.
– Todo mundo morre – falou. Na verdade, ele falou "Lodo mundo morre", mas, por alguma razão, isso parece uma estupidez quando é escrito. Como é que a escrita funciona? Odeio isso.
– Pois é – concordei.
– Você acredita em vida após a morte?
– Na verdade, não.

— Na-na-ni-na-não, você acredita. — Earl parecia ter certeza daquilo.

— Não, não acredito.

— Você *não* pode não acreditar em vida após a morte.

— Isso é... humm... isso é uma dupla negativa — falei para irritar. O que é uma coisa idiota, porque você não deveria *praticar* formas de irritar os outros.

— Cara, foda-se. Vai ver você é bom demais para a vida após a morte.

Nós comemos. O almoço do Earl era confeitos de chocolate, salgadinhos, cookies e Coca-Cola. Eu estava comendo alguns dos cookies dele.

— Você não pode ficar pensando no *não* viver. Na verdade, você não pode acreditar que não vai viver.

— Eu tenho um cérebro muito poderoso.

— Falta pouco pra chutar esse cérebro na sua cabeça — falou Earl, batendo um pouco com os pés no chão, sem motivo.

O sr. McCarthy entrou.

— Greg. Earl.

— E aí, sr. McCarthy.

— Earl, esse almoço é um lixo. — O sr. McCarthy talvez fosse uma das quatro pessoas no mundo que podiam dizer isso a Earl sem que ele surtasse.

— Pelo menos não estou tomando uma *sopa de tentáculos* fedorenta que parece alga marinha... de uma garrafa térmica.

Por algum motivo, Earl e eu estávamos obcecados com tentáculos nessa época.

— Pois é, eu vim encher o oráculo novamente.

Foi então que percebemos o prato quente na mesa dele.

— Eles estão mudando a fiação na sala dos professores — explicou o sr. McCarthy. — Isso, meus garotos, é a fonte de toda a sabedoria. Fitem as águas do oráculo.

Olhamos para o recipiente imenso de sopa do sr. McCarthy. A descrição de Earl ia bem na mosca; o macarrão parecia tentáculos e havia um monte de coisas folhudas verdes, finas e encharcadas. Na verdade, era como um ecossistema inteiro ali dentro. Eu meio que esperava ver lesmas.

– Isso se chama *pho* – explicou o sr. McCarthy. "Pho" aparentemente se pronuncia "fuh".

– Deixa eu provar um pouco – falou Earl.

– Não – retrucou o sr. McCarthy.

– Dãn – falou Earl.

– Não posso dar comida para vocês dois, rapazes – desculpou-se o sr. McCarthy. – É uma das coisas que eles realmente não gostam que os professores façam. É uma vergonha. Earl, posso recomendar um restaurante vietnamita em particular para você, se você quiser. O Thuyen's Saigon Flavour, em Lawrenceville.

– Eu não vou comer em *Lawrenceville* coisa nenhuma – falou Earl com desprezo.

– Earl se recusa a ir até Lawrenceville – falei. Descobri que, às vezes, com Earl e outra pessoa por perto, uma coisa engraçada a se fazer era narrar o comportamento de Earl, em especial se isso significava apenas reformular as coisas que ele dissera. Basicamente, a premissa era de que ele tinha um assistente pessoal irritante, que, na verdade, não era útil de maneira alguma.

– Eu não tenho *dinheiro* para comer fora.

– Earl não tem dinheiro alocado para esse objetivo.

– Tô tentando tomar um pouco de *sopa* por aqui.

– E Earl esperava pegar um pouco da sua *sopa*.

– Não vai acontecer – anunciou o sr. McCarthy alegremente, fechando o recipiente de sopa. – Greg, me dê um fato.

– Humm... assim como grande parte da culinária vietnamita, o pho inclui elementos da culinária francesa, especificamente o caldo, que é derivado do consommé. Fico constrangido por dizer isso, mas esse fato veio dos canais de comida.

– RESPEITE A REFERÊNCIA! – berrou o sr. McCarthy. – Greg, você detonou com esse fato. – Ele flexionou o bíceps direito, depois socou-o com o punho esquerdo. – Mantenha seu poder! – O homem estava insanamente animado. Na verdade, ele rosnava um pouco. Pensei que ia me atacar. Em vez disso, virou-se para encarar Earl.

– Earl, se você mudar de ideia, pode dizer a Thuyen para pôr na conta do sr. McCarthy. Está bem?

– Tá bem.

– O pho de Thuyen é melhor do que o meu, de qualquer forma.

– Tá bem.

– Cavalheiros.

– Sr. McCarthy.

Assim que o sr. McCarthy saiu, pegamos alguns copos e enfiamos naquela sopa. Tinha gosto bom: feito sopa de galinha, mas com pitadas do que não dava para identificar. Ao mesmo tempo tinha um pouco de gosto de alho e de alcaçuz. Mas não era de perder a cabeça. Pelo menos não no início.

Primeiro eu comecei me sentindo engraçado, quando a campainha tocou no fim do dia. Fiquei em pé e todo o sangue subiu pra minha cabeça e eu vi aquela parede marrom e borrada diante dos meus olhos que, às vezes, você vê quando o sangue sobe pra cabeça, e eu tive que ficar parado ali até ela desaparecer. Enquanto isso, meus olhos ainda estavam abertos e aparentemente fitavam Liv Ryan, a primeira garota no colégio a fazer uma plástica no nariz. Especificamente, meus olhos fitavam os peitos dela.

Por trás da parede marrom e borrada, Liv falou alguma coisa. Sem dúvida, eu podia ouvir as palavras dela, mas, por algum motivo, não era capaz de juntar tudo.

Eu não tinha ideia de que porra estava acontecendo.

— Greg, qual é o seu *problema*? — falou Liv novamente, e desta vez eu fui capaz de determinar o que ela estava dizendo... E os peitos dela também se materializaram aos poucos.

— Sangue — falei. — Minha... humm... cabeça.

— O quê? — falou.

— Eu não conseguia enxergar — falei. Era difícil falar. Além disso, eu me dera conta de que parecia e falava como um retardado. Minha voz soava ridiculamente nasal, como se meu rosto fosse uns 80% de nariz.

— O sangue subiu pra minha cabeça e eu não consegui enxergar — expliquei, embora talvez eu não tenha dito todas essas palavras corretamente, nem naquela ordem.

— Greg, você não parece muito bem — observou alguém.

— Dá apenas para não olhar para mim, por favor — pediu Liv, e suas palavras encheram meu coração com terror.

— Eu tenho que ir — deixei escapar. Percebi que tinha que pegar a minha mochila e movi os pés.

Foi quando eu caí.

Provavelmente não tenho que lhe dizer que nada é mais engraçado no Benson, ou em qualquer outro colégio, que um ser humano levando um tombo. Não quero dizer divertido ou legitimamente engraçado; estou apenas dizendo que as pessoas do colégio acham que levar um tombo é a coisa mais engraçada que uma pessoa pode fazer. Não tenho certeza do por que isso é verdade, mas é. As pessoas perdem totalmente o controle quando veem isso acontecer. Mesmo que às vezes, quando *elas mesmas* levam tombos, o mundo inteiro colapse sobre elas.

Então, eu caí. Normalmente, eu teria conseguido lidar com isso me levantando e fazendo uma mesura ou uma comemoração irônica ou coisa assim. No entanto, eu não estava me sentindo normal. Não conseguia pensar direito. "Todo mundo está rindo de você", era o que o meu cérebro me dizia em vez de me oferecer informações valiosas ou inventar um plano. "É porque você caiu feito um idiota!" Meu cérebro estava funcionando mal. Entrei em pânico. Peguei a minha mochila e, na verdade, corri para a porta e, nesse meio-tempo, *caí uma segunda vez*.

As pessoas estavam praticamente vomitando de tanto rir. Era um verdadeiro presente dos deuses da comédia: um cara gordinho levando um tombo, correndo na direção da porta e caindo de novo.

Enquanto isso, cambaleei pela porta até o corredor e, por alguma razão, o corredor estava três vezes mais comprido que o normal, e totalmente lotado de gente. Eu nadava em um mar de carne humana e tentava não surtar completamente. Os rostos flutuavam e passavam, e todos pareciam estar me encarando. Eu estava tentando ser invisível, mas nunca tinha sentido tudo tão óbvio em toda a minha vida. Eu era o Nariz Humano, além de ser o Garoto Cai-Cai.

Provavelmente foram cinco minutos, mas parecia ter levado uma hora para sair, e fora uma hora de inferno. Então, assim que passei as portas do colégio e cheguei aos degraus da frente, recebi uma mensagem de texto:

"aquela sopa tinha droga me encontre no estacionamento"

Era o Earl.
– McCarthy bota maconha naquela sopa – murmurou ele. Eu precisei de um tempo para registrar isso.

— Cara, ele deve botar uma tonelada de maconha ali dentro — emendou Earl. — Porque nem eu já chapei tanto assim. — E você repetiu. — Você deve estar *chapado*, filho.

— Pois é — falei.

— Você parece muito *chapado*.

— Eu levei um tombo.

— Droga — falou Earl. — Eu queria ter visto isso.

Então era assim quando se ficava doidão. Eu tinha tentado fumar maconha uma vez, numa festa do Dave Smeggers, mas nada aconteceu. Talvez eu não tivesse fumado direito.

— Vamos para a minha casa catar uma gororoba — sugeriu Earl.

— OK — respondi, e começamos a caminhar. Mas, na verdade, quanto mais eu pensava sobre isso, mais parecia uma ideia terrível. Eu parecia muito chapado! Nas palavras do Earl! Então, quando chegássemos em casa: meus pais saberiam na mesma hora que eu tinha usado drogas! Merda! Aí a gente teria que conversar sobre isso! Eu não era capaz de conversar sobre coisa alguma! Eu nem era capaz de pensar com palavras! Por algum motivo, eu tinha essa imagem de um texugo na minha cabeça! *Esse texugo era demais!*

Além disso, teria que inventar alguma coisa, porque eu não queria meter o sr. McCarthy numa encrenca. O que eu ia dizer? Que um desses garotos maconheiros *tinha forçado* a gente a ficar doidão? Isso era ridículo, certo? Onde eu ia dizer que tinha arrumado a droga? E talvez mais importante: *como eu ia percorrer todo o caminho até o ônibus sem cair de novo?*

— Será que McCarthy dá aula doidão? — perguntou Earl. — Porque isso esclarece um bocado de coisas. Mal posso esperar pra botar a mão na gororoba. Droga.

Earl estava num humor incrível. Eu não. Além de me preocupar com meus pais, sentia que todo mundo na rua olhava para nós com ar de reprovação. Nós éramos dois garotos drogados, simplesmente caminhando por aí! Estávamos incrivelmente doidões! E meu nariz parecia um dirigível preso ao meu rosto! Um dirigível cheio de catarro! Como a gente não ia chamar a atenção? (Somente em retrospecto foi que percebi que, na escala de interesse, do tipo não-dá-pra-parar-de-olhar, eu e Earl caminhando pela rua não conseguiríamos notas muito altas. [Rá, rá! Notas "altas"! Entendeu? Isso é verdadeiramente hilário. Brincadeirinha, claro; a piada foi uma bosta. Na verdade, esse tipo de piada é a razão pela qual a maioria das pessoas odeia maconheiros.])

– Será que McCarthy dá aula *doidão*? – repetiu Earl. – Durante o trabalho?

– Ele... não de verdade – falei. – Bom, talvez. Meio assim. Acho. Você poderia, humm... Não exatamente, humm. Você sabe.

Eu nem conseguia formar uma maldita frase.

Earl ficou temporariamente pensando nisso.

– Droga, filho – falou uma hora. – Droga.

Enquanto estávamos sentados no ônibus até a minha casa, recebi outra mensagem de texto:

"vou pra quimio cara. quer se despedir do meu cabelo? :)"

Fico constrangido por dizer que levamos a viagem inteira de ônibus para decifrar a mensagem. Primeiro, nós não entendemos que "quimio" era abreviatura. Em vez disso, pensamos que era uma palavra sem sentido. Nós a repetimos um para o outro.

– Chee-Mo.
– Khee-moo Ka.

— Meu tomb...
— Ha... ha... ha.
— He, he.
— Aarf.
Finalmente, ao sairmos do ônibus, Earl descobriu.
— Quimioterapia — falou ele.
— Ahhh.
— Sua namorada vai perder todo o cabelo.
— O quê?
— Quimioterapia. Injetam uma porrada de coisas químicas e todo o seu cabelo cai.
Isso me pareceu ridículo, embora eu meio que soubesse que era verdade.
— Ahhh.
— Basicamente, você fica doente pra caramba.
Ora, pensei, isso é um tremendo pepino. Então comecei a pensar na expressão "tremendo pepino". Pouco depois eu já via um pepino correndo, com os peitos e o rosto da Madison Hartner. Por alguma razão, era hilário.
— Cara — falou Earl, parecendo preocupado.
— O que foi?
— Por que você está rindo?
— Humm.
— Quimioterapia é coisa séria. Você não quer dar risada com quimioterapia nenhuma.
— Não, foi, humm... Eu estava pensando em outra coisa. — Minha nossa, eu estava muito confuso.
— Então você vai mandar uma mensagem para ela, dizendo que estamos indo.
Eu não tinha certeza se era uma pergunta.
— Talvez?
— Pois é, temos que ver sua amiga, bundão.

– Tá. Tá.
– Então escreva: "Pois é, eu e Earl vamos passar aí."
Levei uma eternidade pra escrever e terminei com isso:

"ok td joia! mas posso levar o abigo earl kra foda vc vai costar???/"

Santo Deus Lança-Chamas. Sem dúvida tem garotos por aí que curtem drogas, mas juro que Greg Gaines não é um deles.

Capítulo 18

DROGAS SÃO A PIOR COISA

Nosso primeiro obstáculo foi Denise.

– Olá, Greg – falou ela, que parecia preocupada. Denise também lançou a Earl um olhar estranho, meio como se eu estivesse ao lado de um lhama. – E quem poderia ser este?

Earl e eu dissemos algo ao mesmo tempo.

– Como?

Então nenhum de nós respondeu.

– Eu sou a Denise – falou Denise finalmente.

– Earl Jackson – respondeu Earl em voz muito alta. Eu o fitei apavorado. Quando conversamos com adultos, muitas vezes Earl se torna arrogante e combativo. Eu sabia que isso não ia terminar bem com Denise, por isso comecei a falar. E isso foi um erro tático.

O que o Greg sem drogas teria dito:
– Earl é um amigo meu e quer desejar melhoras a Rachel. Ela está lá em cima?

O que o Greg com drogas acabou dizendo:
– Earl é meu melhor... Earl é um dos meus melhores amigos. E estávamos juntos, sabe, tipo, sem realmente fazer alguma coisa, sabe, então é legal. Aí, humm. Então recebemos esta

mensagem de texto da Rachel sobre perder o cabelo... o que, quero dizer, ainda não aconteceu obviamente, então a gente queria ver o cabelo dela. E ficar com ela! Não apenas ver o cabelo porque, sabe, o cabelo, é pegar ou largar. Tenho certeza de que ela vai ficar ótima sem cabelo. Mas a gente só queria ficar com ela. Perguntar como estão as coisas, esse tipo de coisa.

No fim do monólogo, eu estava coberto de suor. Enquanto isso, Earl não estava nem tentando disfarçar o nojo. Ele botou as mãos no rosto e disse uma única palavra, que eu acho que foi "Merda".

— Está be-e-em — falou Denise, parecendo insegura.

Todos ficamos em silêncio por algum tempo.

— Então a Rachel está lá em cima? — falei finalmente.

— Sim, sim, claro — falou Denise, e fez um gesto para subirmos, e nós corremos lá para cima, e para longe de Denise com rapidez extrema.

Nosso segundo obstáculo foi a desconfiança de Rachel em relação a Earl, além da nossa esquisitice abusada, causada por drogas.

— Eu não tinha certeza do que a sua mensagem de texto queria dizer — falou ela. Ela fitava Earl com cautela. Eu tinha a sensação nauseante de que ela estava desconfiada dele porque ele era preto, embora eu também me sentisse horrível por pensar nisso, porque isso seria acusar de racismo uma garota que está prestes a perder o cabelo e, depois, provavelmente morrer.

— Earl é o homem — falei, como se isso explicasse alguma coisa.

— Pois é, vocês mandam mensagens de texto nojentas um pro outro.

Precisei de um tempo longo em silêncio para lembrar que esta foi a única coisa que eu já dissera para Rachel sobre Earl, e na hora que me lembrei disso, Earl já tinha tomado a iniciativa.
— E aí.
— Olá, Earl.
Silêncio.
— Eu gostei do seu quarto.
— Obrigada. O Greg diz que é muito de garotinha.
Eu sabia que tinha que dizer alguma coisa nessa hora, por isso meio que berrei:
— Eu não!
— Claro que é de garotinha! — falou Earl. — O *meu* quarto não tem nada do James Bond... com *sunga* nenhuma.

O que o Greg sem drogas teria dito:
— Pois é, Earl prefere os pôsteres do James Bond peladão.
O que o Greg com drogas acabou dizendo:
— Humm, humm.

Silêncio mais longo.
— Então, vou tomar uma dose de quimio amanhã.
— Pois é, que bosta.
— Cara, que é isso! — Earl me empurrou.
— O que foi?
— Não diga que é uma bosta.
— Humm... pois é, você tem razão.
— Pois é, mas é excitante.
— Acho que sim.
— Se você receber bem cedo, tem uma boa chance — falou Earl, fitando o chão.

– É. – Rachel também fitava o chão.

Possivelmente, um silêncio racista.

Rachel e Earl evidentemente não estavam se entendendo. Eu tinha que fazer alguma coisa. Infelizmente, não fazia ideia de que coisa seria. O silêncio aumentou. Rachel continuou fitando o chão. Earl começou a suspirar. Era o oposto de uma festa. Era a situação social menos engraçada imaginável. Se terroristas tivessem invadido um cômodo e tentassem nos sufocar em homus, teria sido melhor. Esta ideia me fez pensar em homus. O que é homus, exatamente? Basicamente é uma pasta. Quem come pasta? Especialmente uma que parece vômito de gato? Você não pode negar a semelhança aqui. Pelo menos quando Cat Stevens vomita, parece homus.

E então uma parte de mim estava, tipo, por que eu ficava comparando comida a vômito? Primeiro, aquela história do alienígena na cafeteria e agora isso. Talvez eu tenha algum problema.

Foi então que eu percebi que estava dando risadinhas. Mas do jeito mais nervoso e apavorado, o que tornou isso ainda mais irritante, do que apenas uma risadinha animada.

Earl estava irritado:

– Para com essa maldita risadinha.

Mas a reação de Rachel foi a pior:

– Vocês dois podem ir, se quiserem – falou ela, e era como se estivesse prestes a chorar. Isso era terrível. Eu me sentia um tremendo imbecil. Era hora de ser sincero.

– Estamos doidões – deixei escapar.

Earl estava de novo com as mãos na cabeça.

– O quê? – falou Rachel.

– Acidentalmente, nós ficamos doidões.

– Acidentalmente.

Era hora de ser um *pouco* sincero. Na verdade, já fazia muito que corria a hora-da-mentira.

– Eu apaguei completamente. Nem me lembro do que aconteceu.

– Você *não* apagou – interrompeu Earl.

– Não. Apagamos sim.

– Do que diabos você está *falando*?

– Por que vocês dois estão doidões? – perguntou Rachel.

– Eu não sei! – falei. – Eu *não sei*.

Então Earl começou a dizer algo e eu sabia que ia ser sobre o sr. McCarthy. Mas eu não queria que ele fosse demitido.

Então comecei a dizer:

– Pra falar a verdade, nós fomos a um banheiro e havia uns caras lá, sabe, uns caras chapadões, e eles estavam, tipo, vocês querem um pouco de maconha, e, no início, a gente estava, tipo, não, não queremos nem um pouco da sua, humm, maconha, mas então eles começaram a se irritar e estavam tipo, ei, seria melhor você fumar um pouco disso ou nós vamos, humm, bater pra caramba em você, e havia, tipo, vinte deles, então nós, tipo, OK, tudo bem; aí nós fumamos com eles, mas eu não me lembro totalmente do que aconteceu porque apaguei.

Furos imediatamente óbvios na história que eu acabei de inventar: uma lista parcial

1. Earl e eu nunca fomos ao banheiro juntos durante toda a nossa vida, provavelmente porque isso seria estranho.
2. Os maconheiros não fumam maconha no banheiro. Eles fumam maconha no velho Nissan Altimas, a cerca de um bloco e meio do colégio. Ali eles não eram vistos durante horas, às vezes dias.

3. Nenhum maconheiro na história do mundo já forçou alguém a fumar com ele. Na verdade, muitos deles ficam satisfeitos por *não* dividirem a maconha com você.
4. Eram *vinte*? Em um banheiro? Vinte maconheiros? Por que não dizer uma centena? Por que não dizer um zilhão? Minha nossa.
5. Que história é essa de "apagar"? O que isso significaria?

Então eu falei tudo aquilo e Earl ficou em silêncio. Rachel o encarou para que ele confirmasse. Finalmente, ele respondeu:
– Pois é, foi isso que aconteceu.
Ele estava irritado.
Nós parecíamos retardados. Mas pelo menos Rachel não estava mais à beira do choro. Ela parecia até divertida.
– Eu *odeio* drogas – falei. – Me sinto como uma anta agora. Desculpa a gente por vir até aqui chapados.
– Cala essa boca, sua anta – falou Earl para mim. – Você acha que está fazendo a Rachel se sentir melhor? Se desculpando e essas merdas todas? Cala a sua boca.
– OK – falei.
– Rachel – emendou Earl, que agora estava no modo-tomar-o-controle, para meu grande alívio, porque quando Earl toma o controle coisas boas acontecem. – Viemos até aqui para desejar que você fique bem e alegrar você. Por isso, vamos dar uma volta e tomar sorvete ou coisa assim.
Minha nossa, essa era uma boa ideia. Eu disse que Earl sempre tem as melhores ideias.

Capítulo 19

EARL TRAI TODA A NOSSA PARCERIA CRIATIVA ENQUANTO ESTOU DISTRAÍDO COM A LARICA

Como falei, assim que Rachel descobriu que eu estava chapado, ela se divertiu mais do que qualquer coisa.

— Greg, eu não sabia que você era um desses caras fodões — falou ela.

— Não sou.

— Eu estava sendo irônica.

— Ah.

Estávamos nesse local ridiculamente bom com sorvete-e-waffles em Shadyside, onde eles misturam coisas no seu sorvete com um mixer ou coisa parecida. O sorvete era inacreditável. Além disso, a lista das coisas que eles misturam no sorvete é uma loucura. Exemplo: pólen de abelhas. Segundo exemplo: pimenta habanera. Querem saber se eu escolhi as duas? Sim. Querem saber se eu botei as duas coisas no sabor mais esquisito de sorvete disponível, ou seja, o Kahlúa? A resposta às suas perguntas está a bordo do S.S. *Sim*. Quando eu pedi o pólen de abelhas, será que, na verdade, estava pensando em mel? Talvez a atriz Jessica Alba possa responder isso para você.

De qualquer forma, eu perdi todo o controle quando peguei meu sorvete, e passei cinco minutos completamente distante do mundo lá fora, porque, ai, meu Deus, aquele sorvete era delicioso. Quando eu emergi, tudo estava diferente e também muitas partes do meu corpo estavam grudentas. Por exemplo: os dois tornozelos. Earl achou difícil lidar com isso.

– Cara, você tem que aprender... a não comer... assim.
– Humm, foi mal.
– Isso foi tão nojento – falou Earl, sem conseguir comer o próprio sorvete. – Eca!
– Humm, eu meio que quero outro – falei.
– Você devia ir embora – sugeriu Rachel.
– Nem. Ele não devia.
– Humm.
– A gente devia voltar, de qualquer forma – falou Earl, botando a mochila no ombro. – Se vamos ver alguma coisa antes do jantar.
– Né! O que é que vamos ver?
Earl e Rachel me olharam.
– Cara.
– Greg, vamos ver alguns dos filmes que vocês dois fizeram. – Rachel falou isso como se não fosse nada de mais.
– Será que você não ouviu a gente nem porra nenhuma? – perguntou Earl.
– Humm.
– *Eca!*

Do nada, Earl apareceu com um cigarro aceso e com raiva começou a soprar. Enquanto isso, acho que Rachel se dava conta de que eu estava surtando.

– Greg, Earl disse que estava tudo bem... você realmente não quer que eu veja o que vocês se esforçaram tanto para fazer?

A resposta a *essa* pergunta estava trancada numa câmara bem funda no casco da nave *Puta-merda-definitivamente-não*.

Numa situação ideal, eu teria sido capaz de puxar Earl para o lado e comentar:

I. Que diabos você está fazendo?
   A. Você simplesmente se ofereceu para mostrar a Rachel os nossos filmes?
      1. Parece que foi isso que aconteceu enquanto eu comia o sorvete.
      2. Me corrija se eu estiver errado.
   B. Os filmes que há muito tempo concordamos em nunca mostrar pra alguém?
      1. Eles não são bons o suficiente pra mostrar às pessoas.
      2. Talvez um dia a gente faça alguma coisa digna de ser mostrada às pessoas.
      3. Mas definitivamente não estamos nesse ponto ainda.
   C. Merda, merda, merda, merda. *Viado.*

II. Por que diabos você está fazendo isso?
   A. Por que ela está morrendo?
      1. Isso não tem nada a ver com nada.
      2. Que merda! *Earl.*
   B. Ou talvez você simplesmente tenha mudado de ideia em relação aos nossos filmes serem bons ou não?
      1. Porque... eles não são.
      2. Certo?
      3. Não temos orçamento nem boa iluminação nem nada.
      4. A gente não faz porra nenhuma num monte deles!
      5. Basicamente, nós somos uns babacas.

III. Earl, seu filho da puta.
   A. Você está realmente sendo um imbecil agora.
   B. Um grande imbecil.
   C. Por favor, não faça uma bicicleta com a minha cabeça.

1. AÍ
2. FODA-SE

    Mas eu não consegui dizer nada. Em vez disso, apenas meio que assenti e segui em frente com a história. De qualquer forma, eram dois contra um. Eu não tinha escolha mesmo.
    Voltamos para casa a pé. A boa notícia era que eu estava começando a me sentir como eu mesmo de novo, mas isso não compensava realmente a total traição de Earl e a humilhação que nós dois estávamos prestes a sofrer. Acho que isso serve para mostrar que ficar perto de uma garota que vai morrer faz algumas pessoas fazerem qualquer coisa. Até cineastas com problemas de altura e mal-humorados.

Capítulo 20

BATMAN CONTRA O HOMEM-ARANHA

Batman contra o Homem-Aranha (dir. G. Gaines e E. Jackson, 2011). Batman adora morcegos. O Homem-Aranha adora aranhas. Batman está usando um monte de roupas extras debaixo do terno para parecer mais musculoso; o Homem-Aranha é rápido e magrelo, ou pelo menos é mais flexível. O morcego e a aranha nunca foram inimigos... até agora!!! Na verdade, eles não são inimigos ainda. Um produtor cinematográfico trancou os dois numa sala e não vai deixar que saiam até que um deles tenha desaparecido, mas eles não querem brigar. Na maior parte do tempo, ficam sentados, com dificuldade de usar as armas.
★★★½

A crítica a *Batman contra o Homem-Aranha* foi positiva, mais do que nós esperávamos. No entanto, para ser sincero, a resenhista foi de uma moleza total. Ela riu, praticamente gargalhou, sem parar, durante a coisa toda, e não escreveu nada. Provavelmente não se deu conta da iluminação medíocre nem dos frequentes problemas com sombras, por exemplo. Ou das inúmeras inconsistências com o figurino, tipo, como meu excesso de suor ficava desfazendo os chifres do Batman que eu fiz no cabelo com musse.

Então, é. Era esquisito ver um dos nossos filmes com outra pessoa. Nos primeiros dois ou três minutos, eu falei sem parar, explicando tudo:

— Muito bem, isso aí é uma imagem de alguns desenhos que eu fiz, porque a gente estava tentando fazer aquela coisa dos filmes de super-heróis em que eles... espera, vai voltar a focar... pois é, então, eles começam mostrando imagens dos gibis de verdade... e agora, pois é, Earl está mastigando porque, eu não sei. E agora ele está surtando. Tá. Então a figura de palitinhos à esquerda é o Batman, e se você olhar bem de perto, a gente meio que ferrou com ele, mas, se você olhar na hora certa, pode meio que ver que ele tem, humm, pauzinho. Humm, pauzinho, tipo, genitália. OK, e do lado direito o Homem-Aranha está comendo um waffle, que mais tarde vai ser importante porque...

Então Earl me fez calar a merda da minha boca.

Aí eu fiquei sentado em silêncio, anotando tudo que estava errado enquanto Rachel dava risinhos e arfava constantemente, com erupções ocasionais, feito uma poça de lama humana. Foi uma experiência estranha. Eu não sabia o que fazer. Acho que ela confirmou minha suspeita de que, se você fizer um filme, não pode ver com ninguém que conheça porque as opiniões da pessoa vão ser parciais e sem valor. Quer dizer, era bom ver alguma coisa que fazia mais alguém rir. Mas será que Rachel ia pensar que o filme era hilário se Earl e eu fôssemos estranhos completos? Duvido.

Então isso realmente era apenas uma confirmação de que mostrar os nossos filmes às pessoas era um erro. Mas acabamos pagando um preço bem caro por isso.

```
                    EARL
    Você ainda tem aqueles bifes de contrafilé?
```

                    EU
Não. Comi aqueles faz uns dias.

                    EARL
Droga.

Capítulo 21

DOIS MARICAS

E no dia seguinte Rachel foi ao hospital para receber os remédios e partículas radioativas, e sabe Deus o quê. *Eu mal sabia que, em breve, me juntaria a ela naquele mesmo hospital.*

Na verdade, que diabo é este negócio de "eu mal sabia"? Eu não sabia de modo algum que em breve me juntaria a ela no mesmo hospital porque eu não posso ver o maldito *futuro*. Por que eu saberia disso, um pouquinho que fosse? "Eu mal sabia." Minha nossa.

Você pode pegar praticamente qualquer frase deste livro e, se ler vezes suficientes, provavelmente vai terminar praticando um homicídio.

Então Rachel estava no hospital, e Earl e eu estávamos em casa, assistindo *Os desajustados*, um filme britânico obscuro sobre dois atores que frequentemente estão bêbados ou chapados. Eles tiram umas férias loucas no interior, onde praticamente morrem de fome. Então o tio de um dos atores aparece e basicamente tenta fazer sexo com o outro. Estávamos nos preparando para rodar um novo filme, mas não tínhamos recebido, ainda, pelo correio, *Cidade dos sonhos*, por isso encontramos *Os desa-*

justados na coleção do meu pai e foi bom o suficiente para que a gente discutisse sobre fazer um *remake* dele.

Na verdade, era meio incrível. O surto constante de Withnail por causa do álcool lembrava muito o de Klaus Kinski em *Aguirre, a cólera dos deuses*, e ficamos animados pelo fato de haver sotaques que nós poderíamos tentar fazer. Em geral, eu diria que Earl era ligeiramente melhor do que eu em questão de sotaques, mas isso não significa que ele fosse realmente bom.

– Como ele diz isso? O irlandês no bar? Eu... "Eu o chamei de maricas".

– Nem. Ele disse assim: "EU O CHAMEI DE MA... MARRRICAS."

– Ah!

– MARRRICAS.

– Ai, cara. Não é isso, mas assim é muito mais engraçado.

A palavra "maricas" meio que dominava uma das cenas. No fim das contas, era uma gíria britânica para "molestador de crianças". Pensamos que era meio foda que eles tivessem uma gíria para isso, mas então Earl comentou que, nos Estados Unidos, a gente dizia "filho da puta" toda hora, o que é tão perturbador quanto isso.

– Parece que tem merda na minha cabeça.

– COMO É QUE EU VOU SABER ONDE A GENTE ESTÁ? PARECE QUE TEM MERRRDA NA MINHA CABEÇA.

– Acho que esse é um sotaque diferente.

– É. É o sotaque de *Aquário*.

Aquário é um filme recente e obscuro que nós vimos sobre uma garota doida de conjunto habitacional. Nós adoramos o filme. E demos um A para os sotaques e A+ para os palavrões.

– Então neste *remake*...

– Nós temos que botar "maricas" no título.

– OK. Boa ideia. Podemos chamar de *Esquema maricas*.

– Que porra que isso quer dizer?

– É tipo uma brincadeira no esquema Ponzi. Feito aquela coisa toda de investimento em pirâmide do Madoff que aconteceu há uns anos.

– De que porra que você está falando agora?

– Está tudo bem. Deixa pra lá.

– Esse título não tem que ser inteligente nem essas merdas. Nós podíamos apenas chamar de *Dois maricas*.

– Na verdade, não ficou nada mau!

– *Maricas de férias*. Simples pra caramba.

– Isso é perfeito. Então acho que você deveria ser Withnail.

– Withnearl.

– Isso. Então eu acho que o enredo está bem direto. Na maior parte do tempo você bebe e depois surta.

– Fluido de isqueiro e essas coisas.

– Isso. A cena vai ser incrível.

– Eu também vou fazer aquele tio gay. Desenho um bigode falso e finjo ser gordão e tal. Ficar tipo "garoto, sou um viadão. Vou foder você".

No fim do filme, Withnail uiva para alguns lobos no zoológico. Por alguma razão, esta cena ficou nas nossas mentes, por isso resolvemos filmá-la primeiro. No entanto, não tínhamos acesso aos lobos. Em vez disso, decidimos que Earl devia tentar uivar para o Doopie, o cachorrão assustador dos Jackson. Isso significava que tínhamos que ir para a casa de Earl.

– Quando a gente tiver acabado, talvez a gente devesse visitar a Rachel no hospital – comentou Earl enquanto pegávamos as bicicletas.

– Ah – falei. – Isso. Não sei se hoje é um bom dia pra visitas, nem quais são as horas de visita ou coisa assim.

– Eu liguei pra eles – falou Earl. – A gente pode aparecer a qualquer hora antes das sete horas.

Isso foi meio que uma surpresa para mim. E eu fiquei pensando nisso na ida até a casa do Earl. Quer dizer, bem no fundo, é óbvio que o Earl é uma pessoa muito melhor do que eu. Mas eu não esperava que ele se desse ao trabalho de telefonar para o hospital perguntando as horas de visita etc. Acho que não é tão difícil assim dar um telefonema de cinco minutos, mas me surpreendeu porque era uma coisa que eu faria só se alguém me obrigasse.

Depois eu continuei pensando sobre isso e meio que fiquei deprimido por não ter reunido forças para telefonar para o hospital e pensar quando eu ia visitá-la. Eu realmente precisava fazer alguma coisa ou ia ser o pior das garotas que iam morrer, na história.

Basicamente, eu estava pensando: "Graças a Deus pelo Earl." Porque eu não tenho mesmo uma bússola moral e preciso confiar nele para ter orientação, talvez eu me tornasse acidentalmente um eremita, terrorista ou coisa que o valha. Que merda é essa? Será que sou humano? Quem diabos pode saber?

INT. SALA DE ESTAR DOS JACKSON - FIM DA TARDE

                MAXWELL
Desenrola a calça.

                EARL
Eu vim de bicicleta até aqui.

                MAXWELL
Ninguém quer ver suas meias esquisitas.

EARL
Ninguém liga para as minhas meias.

MAXWELL
com raiva
Ninguém quer ver suas *meias nojentas*!

Ao entrarmos, demos de cara com Maxwell, um dos meios-irmãos de Earl. Earl ficava com a calça enrolada, e isso deixava Maxwell enfurecido, o que é totalmente compreensível. Aprendi, com o passar dos anos, que basicamente qualquer coisa pode deixar a família Jackson enfurecida.

Causa: O disco oito de Madden está arranhado
Efeito: Maxwell empurra Brandon para a televisão
Causa: Umidade
Efeito: Felix usa a testa de Derrick para infligir danos ao rosto de Devin
Causa: Tem um pássaro do lado de fora
Efeito: Brandon anda por aí acertando socos indiscriminadamente nos testículos das pessoas

Quando começa a briga, todos são alvos, e, infelizmente, isso inclui o garoto branco, flácido e com movimentos lentos. Consequentemente, meus reflexos se tornaram bem rápidos. Na hora que alguém tira o sapato para acertar o outro no rosto ou alguém bate com o cotovelo na boca de outro garoto, estou a meio caminho da saída. Se não estamos perto de uma saída, tento me esconder atrás de algum móvel, mas quando ele é encostado na parede, algumas vezes, eu me torno parte da parede.

De qualquer forma, Maxwell dá uma gravata em Earl e soca a cabeça dele enquanto Earl dá socos no ar. A confusão chamou a atenção de alguns dos irmãos, incluindo Brandon, o psicopata de 13 anos com a tatuagem "IRADO" no pescoço. Ele desceu depressa os degraus, como um míssil com cotovelos. Mostrava os dentes e seus olhos estavam fixos nos meus. Soltei um gritinho agudo e me virei para correr.

Maxwell e Earl estavam no caminho de Brandon, então eu realmente cheguei à porta antes de Brandon ser capaz de me dar uma cotovelada na cabeça. O problema é que eu fiquei agitado demais. Quando cheguei ao fim da varanda, em vez de pular, eu meio que mergulhei, ou seja, caí de cabeça.

Nos filmes, há uma convenção na qual, se alguém está voando em pleno ar, o tempo passa mais lento. A pessoa consegue observar vários detalhes do entorno, reconsiderar o curso da ação, talvez até contemplar a ideia de Deus. De qualquer forma, esta convenção é uma mentira. Se alguma coisa acontece é que o tempo se *acelera*. Meus pés deixaram a varanda e imediatamente eu estava deitado, todo ralado, num pedaço de cimento, com o braço quebrado. Quase no mesmo instante, Brandon estava parado acima de mim.

– Pois é, neguinho – falou com tom agudo, em sua voz de garoto-de-13-anos-não-tão-grossa. – Isso, bisca desajeitada. – E me chutou meio sem vontade.

– AI! – falei. Isso fez com que Brandon ficasse com raiva. Ele me chutou mais forte.

– Cala a boca – falou ele, mas o segundo chute doeu muito, de verdade, por isso comecei a gritar. Isso o levou a dar tapas na minha cara repetidamente. Por sorte, Felix tinha acabado de chegar ao local e, de acordo com uma própria lógica misteriosa, sua reação ao que viu foi agarrar Brandon pela cabeça e jogá-lo do outro lado do pátio.

Ele se virou para mim. Nós nos encaramos. Seus olhos estavam frios por causa do desprezo.

Finalmente, ele comentou:

– Vai se foder; sai daqui – e voltou para dentro de casa.

Capítulo 22

ARANHA CONTRA VESPA

Então, foi assim que eu vim parar no mesmo hospital que a Rachel. Embora fosse uma ala completamente diferente: a dela era a área da quimioterapia e a minha era a área dos-braços-quebrados-que-infeccionaram-por-alguma-razão. Ninguém parecia saber como meu braço tinha infeccionado. Muito rapidamente eu parei de perguntar a esse respeito. Tinha medo de descobrir que havia outros fatos médicos básicos que as enfermeiras não sabiam, como de onde a pele vem ou como funcionam as cirurgias.

Mas sim, meu braço infeccionou, eu tive febre e tudo isso significava uma estadia longa no hospital. E isso significava visitas. Cada uma dessas visitas tinha vários pontos a observar:

Mamãe:
- Coitadinho do meu queridinho.
- Vamos tirar você daqui em breve.
- Ah, meu garotinho corajoso.
- Você deve estar tão entediado.
- Trouxe uns livros que eu peguei ao acaso, no seu quarto, ou na biblioteca.

- Vou pôr os livros em cima desses outros que trouxe da última vez.
- Você tem que fazer o seu dever de casa.
- Você tem que dizer às enfermeiras se *alguma coisa* parecer estranha.
- Se você tiver a mais leve dor de cabeça, tem que pegar o telefone e chamar as enfermeiras no *mesmo instante, porque pode ser meningite*.
- Eu falei *pode ser meningite*.
- Meningite é uma doença fatal no cérebro e, nos hospitais, algumas vezes, você fica mais vulnerável...
- Sabe de uma coisa, não quero assustar você com isso. Apenas chame as enfermeiras se tiver a mais leve dor de cabeça.
- Eu só estou bancando a maluca, mas, sério, chame as enfermeiras.
- Seu telefone está funcionando?
- Deixa eu ver se ele está.

Mamãe acompanhada da Gretchen:
- Pensamos em vir e dar uma animada em você.
- Gretchen, você quer dizer alguma coisa ao seu irmão?
- Gretchen, você pode cooperar por *quinze minutos*?
- Gretchen. *Isso não é um jogo.*
- Não consigo acreditar que você se recusa a cooperar até nessa situação.
- Vá esperar lá fora, então. Você realmente está sendo terrível. Você está sendo simplesmente terrível e quero saber por quê. Vou lá para fora em cinco minutos.
- Minha nossa.

Mamãe acompanhada de Grace:
- Grace fez um desenho para você!
- É um desenho do Cat Stevens!
- É o quê? Ah.
- É um urso.
- Grace desenhou um *urso muito lindo* para você.

Earl:
- E aí, amigão.
- Eu falei com uma das professoras.
- Você tem que escrever um ensaio ou uma bosta dessas.
- Tem que preparar uma lista de problemas aí de algum livro.
- A srta. Harrad disse pra não se preocupar com o teste de sexta, você e ela vão conversar sobre isso quando você voltar, e ela também espera que você melhore.
- O sr. Cubaly quer que você faça um teste enquanto está aqui, mas não tenho ideia de como isso vai acontecer; então, meu conselho é pra não se preocupar.
- Você tem *Cidade dos sonhos* na caixa de entrada do Netflix, então eu assisti.
- Aquela merda é foda, sério.
- Temos que ver assim que você sair daqui.
- Lésbicas e a porra toda.
- Olhe pra você.
- Você vai ser um viadinho fracote quando sair daqui.
- Fica só deitado na cama na porra do dia todo.
- Que mais, que mais...
- Ah, fui ver sua namorada de novo.
- Ela está careca agora.
- Parece o Darth Vader sem o capacete.
- Quimio não é brincadeira, filho.

- Ela me pediu alguns dos nossos filmes; por isso, emprestei pra ela.
- Não sei quais, dei pra ela, tipo, uns dez.
- Opa.
- Que diabos você está gritando?
- Você está falando sério neste minuto? Está falando sério comigo neste minuto?
- Precisa se acalmar.
- Precisa se *acalmar* agora.
- Cara, aquela garota tem uma maldita bolsa cheia de remédios no corpo neste momento, ela precisa de alguma coisa para se animar, ela fica feliz pra caralho com os filmes.
- Quer dizer, não, ela não está feliz, mas estava sorrindo ou uma merda dessas, e essa é uma tremenda melhora, então não tente me culpar com essa história.
- Pois é, tá certo, se acalme.
- Foda-se, se você acha que vou dizer não para essa garota que tá morrendo de câncer e essa porra toda.
- Droga.
- É isso que o papai Gaines chamaria uma "circunstância atenuante", se tô certo.
- Caralho.
- Sabe.
- Você está sendo burro, mas eu entendo.
- Você sabe que não gosto de mostrar essa merda para ninguém.
- Mas não dá pra dizer não para esta garota.
- Eu entendo, mas é tipo, nem sei, você não entende como ela gosta dos nossos filmes estúpidos, mas ela gosta pra caralho.

- Então não me encha o saco.
- Tá certinho, acabei.
- Melhora aí, filho.

Papai:
- Ora, ora, ora.
- Você parece bem animadinho hoje!
- Não, eu sei. Só estou fazendo uma piadinha.
- Não, ficar aqui não tem como ser engraçado.
- Embora você até que tenha um estilo de vida bastante decente, não é?
- Com a televisão constante e o pessoal trazendo comida para você, além das montanhas de livros.
- Nem todos que ficam em hospitais têm esse luxo.
- Quando eu fiquei internado na Amazônia, eram quatro juntos num quarto pequeno e, em vez de televisão, tudo que tínhamos para assistir e nos divertir eram aranhas cabeludas gigantes esperando pela presa no teto de palha, talvez uns dois metros acima do nosso rosto.
- Aranhas do tamanho do seu punho.
- Presas reluzindo com veneno.
- Cada uma com centenas de olhinhos pretos que piscavam fraquinho à noite.
- E como elas costumavam enfrentar as vespas!
- Algumas vezes, no escuro, uma vespa atacava uma das aranhas e, na luta, elas despencavam para a cama, picando, atacando e...
- TÁ, TÁ.
- É só uma coisa na qual estou pensando.

Earl, acompanhado de Derrick:
- E aí.
- E aí, Greg.
- Derrick estava, tipo, "ei, Earl, será que eles têm doces no hospital...?".
- Pois é, eu estava, tipo, se eu não conseguir comer doce, vou surtar.
- Então nós trouxemos confeitos de chocolate e alguns chicletes.
- Eram três, mas eu comi um.
- Pois é.
- Ei, me deixa assinar o gesso uma vez.
- Se você não gosta desses sabores, obviamente basta devolver pra gente.
- Aí... vamos... nós. RÁ-RÁ!
- *Caramba*, Derrick, que *porra* é essa?
- PEITINHOS.
- Você *não acabou de desenhar* um par de peitos nus na porra do gesso do Greg...
- Não está certo, não fala que está certo.
- TOMA ESSA.
- Caralho.
- Melhor a gente ir embora.

Madison:
- Olá!
- Eu e meus peitos estamos no quarto com você!

Pois é. Madison Hartner me visitou no hospital. Na verdade, vou parar de fazer essa coisa ridícula de travessõezinhos e simplesmente descrever o que aconteceu com a Madison. Por enquanto fiquei cansado de escrever do jeito normal, mas agora estou cansado de escrever com tracinhos. Nós estávamos mesmo entre a cruz e a espada aqui.

Se, após lerem este livro, vocês vierem à minha casa e brutalmente me matarem, eu realmente não culparia vocês.

É óbvio que Madison não apareceu e disse: "Eu sou gostosa pra caramba e estou no quarto com você", mas essa era a questão para mim. Eu não tinha razão para esperar por ela, por isso, quando ela apareceu na entrada, com o cabelo cortado curtinho, daquele jeito sexy, usando uma frente única e parecendo uma deusa do sexo, por cerca de trinta segundos, não fui mesmo capaz de dizer coisa alguma. Eu estava dolorosamente consciente de que a exposição prolongada ao hospital estava me fazendo alcançar novos níveis históricos de palidez.

– Ei, Pesquisador de Alienígenas.

– Humm – falei.

– Ouvi dizer que um alienígena quebrou seu braço enquanto você estava em campo.

Por um segundo eu não fazia ideia do que isso significava e tinha medo de que fosse um comentário racista em relação aos irmãos de Earl. Mas isso aconteceu simplesmente porque eu não estava pensando com clareza. Sei que é um estereótipo irritante esse de que gostosas não deixam você pensar direito, mas, sério, elas não deixam. É como se produzissem, de alguma maneira, gás tóxico. De qualquer forma, eu me lembrei do que ela estava falando.

– Ah, claaaro.

– Ah, claro?

– Eu me esqueci que fiz aquela piada.

– Esqueceu?

– Pois é. Quebrei o braço. Eu estava tentando recolher um pouco de vômito.

– Muito bem, como você contou pra gente.

— Isso, o alienígena ficou tão animado por compartilhar o vômito que começou a girar os tentáculos por aí, enlouquecido, e foi assim que aconteceu.

— Parece perigoso.

— É assim com a ciência de verdade. É extremamente perigosa. Mas pelo menos este alienígena espacial se sentiu mal com isso. Ele mandou um dos irmãos alienígenas me visitar e o irmão alienígena desenhou este hieróglifo místico no meu gesso. Dá uma olhada. Está dizendo: "Meu coração dói com a tristeza pesarosa de mil luas" nesta bela e comovente linguagem alienígena. Infelizmente para nós, isso se parece com peitos.

Vamos ser sinceros: nenhuma garota vai ficar tão interessada assim num desenho malfeito de peitos. Como eu falei antes, eu consigo apenas animar garotas menos atraentes e mulheres mais velhas. Perto das gostosas, sou uma confusão. Mas Madison deu uma risadinha. E talvez nem fosse apenas por educação.

Então Madison falou uma coisa com a boca bonita e cheia de batom que, no início, eu não registrei.

— Ei, eu estava fazendo uma visita à Rachel e ela estava assistindo a um dos seus filmes.

Levei uns minutos para assimilar a informação. E então, de repente, parecia que uma parte do meu coração estava se devorando.

— Ah. Humm... Pois é. Aham.

— Oi?

— Não, é que, humm, pois é. Pois ééé!

— Greg, qual é o problema?

— Nenhum, está tudo ótimo. Bem, quer dizer, está tudo bem.

— Ela estava gostando.

— Qual, humm, deles?

Meu corpo inteiro estava suando. Parecia que minhas orelhas estavam cheias de suor. Além disso, parecia que meu cabelo estava tentando se soltar e fugir da minha cabeça.

– Ela não me disse. Ela nem me *mostrou*. Desligou assim que entrei.

OK. Isso foi um alívio.

– Ahhh.

– Ela disse que não tem permissão para mostrar a ninguém.

Graças a Deus. Eu estava surtando... estava pensando: se Madison sabe que eu e o Earl fazemos filmes, inevitavelmente vai contar isso a alguém, e logo vai ser a grande história secreta e esquisita que todo mundo sabe... mas, por alguma razão, era tranquilizador ter novas evidências de que Rachel compreendia como eu me sentia em relação aos filmes.

– Ela me falou que você e o Earl querem que continue a ser segredo, por algum motivo.

Rachel realmente compreendia. Isso era indiscutível. Tinha que respeitar isso. Ela não era cineasta, mas tinha passado tanto tempo me ouvindo que acho que ela sabia exatamente como eu me sentia em relação a certas coisas, e não dava para negar que é bom quando alguém conhece você muito bem. Eu me obriguei a relaxar um pouco.

– Pois é – falei. – Somos um bocado esquisitos em relação a isso. Acho que somos perfeccionistas.

Madison ficou em silêncio, mas alguma coisa no jeito como ela me encarava também me fez calar a boca. Então nós dois calamos a boca durante algum tempo. Aí ela disse:

– Você tem sido um bom amigo para a Rachel. Acho que é incrível o que você tem feito.

Infelizmente, foi aí que o gás tóxico da gostosa começou realmente a fazer efeito. Especificamente, eu entrei no modo-de-modéstia-excessiva. Nada é mais idiota nem mais ineficaz que o modo-de-modéstia-excessiva. É um modo no qual você é modesto questionando alguém que está tentando elogiar você. Essencialmente, você se esforça para tentar convencer alguém de que é um babaca.

Eu sou o Thomas Edison da burrice nas conversas.

Então, claro, Madison falou:

– Você tem sido um bom amigo para a Rachel. Acho que é incrível o que você tem feito.

E era óbvio que a melhor resposta possível, para mim, foi:

– Hán? Não sei nada em relação a isso.

– Não, você devia ouvir como ela fala a seu respeito.

– Eu realmente não posso ter sido um amigo tão bom assim.

– Greg, isso é ridículo.

– Não, isso é tipo... eu não sei. Fui à casa dela e apenas falei sobre mim o tempo todo. Sou péssimo ouvinte.

– Ora, isso está deixando ela animada.

– Não deve estar animando tanto assim.

– Greg. Está e muito.

– Humm, eu realmente tenho dúvidas.

– Você está falando sério agora?

– Estou.

– Greg, *ela me* contou. Que você tem sido um *amigo incrível.*

– Ora, talvez ela esteja simplesmente mentindo.

– Você acha que ela está *mentindo*? Por que ela ia *mentir*?

– Humm.

– Greg. Ai, meu Deus. Não dá pra acreditar que você está discutindo sobre isso. Ela adora os seus filmes e você deu pra ela ver, embora não deixe mais ninguém ver, e isso por si só é realmente incrível. Então, cale a boca.

– Só estou dizendo.
– Por que ela *ia mentir sobre o fato de você ser um bom amigo*, Greg, isso é loucura!
– Eu não sei. Garotas são esquisitas.
– Não. *Você é* esquisito.
– Não. *Você é esquisita*. Eu sou apenas o cara normal.
Subitamente, isso fez Madison dar uma risadinha.
– Ai, meu Deus, Greg, você é *tão esquisito*. Adoro em você o fato de ser tão estranho.

Lembra do que eu disse antes? Sobre como garotas como Madison são parecidas com elefantes que perambulam nos arbustos, e, algumas vezes, pisoteiam esquilos até a morte e nem percebem? É disso que estou falando. Porque, sinceramente, a minha parte racional sabia, pois era um *fato*, que eu nunca, nunca ficaria com Madison Hartner. Mas isso foi apenas a minha parte racional. Sempre tem uma parte irracional e estúpida de você também, e não dá pra se livrar dela. Você nunca pode eliminar completamente aquela absurda centelha de esperança de que essa garota – apesar dos pesares, e ainda que ela pudesse sair com qualquer cara do colégio, pra não falar dos caras da faculdade, e apesar de você se parecer com o monstro do mingau de aveia e de ser um comedor compulsivo, além de sofrer constantemente de congestão, e contar tantas histórias idiotas por dia que parece que a empresa Histórias Idiotas está pagando você para fazer isso –, você nunca pode eliminar a esperança de que, talvez, essa garota goste de você.
E quando a garota diz: "Você é tão esquisito, eu adoro isso em você", talvez isso seja bom, talvez isso seja realmente incrível, mas isso é apenas um processo químico estranho que acontece no seu cérebro enquanto você é pisoteado até morrer por um elefante.

Acho que ela viu que eu fiquei paralisado, porque rapidamente se adiantou:

– De qualquer forma, eu apenas queria dizer para você melhorar logo e, humm... acho que é incrível que você esteja sendo um bom amigo para a Rachel. – Ela emendou rapidamente: – Mesmo que você não pense assim, você a faz realmente feliz.

– Acho que ela gosta de esquisitões.

– Greg, *todos* nós gostamos de esquisitões.

O meu cérebro e intestino de esquilo foram espalhados por todo o solo da floresta, feito pizza e batatas fritas. E a parte foda é que foi incrível.

Ser um esquilo é a coisa mais estúpida.

Capítulo 23

GILBERT

Antes que eu fosse embora, fui visitar a Rachel. A ala dos pacientes com câncer se parecia muito com a parte do hospital na qual eu tinha ficado, a não ser pelo fato de as crianças serem mais deprimentes. Sabe, elas simplesmente eram. Tenho que ser sincero em relação a isso. Elas eram mais pálidas, fracas, mais magras e mais doentes. Havia um garoto – na verdade, sem dúvida, poderia ser uma garota – imóvel e com os olhos fechados, numa cadeira de rodas, sem ninguém para cuidar dele, e eu tive que impedir o que parecia um surto significativo que tomava conta de mim, porque: "e se aquele garoto estivesse morto?" E se simplesmente tivessem deixado esse cadáver por aí? Era tipo: "Ah, pois é, esse é o Gilbert. Ele está ali há três dias! Descobrimos que ele é um lembrete útil do que ACONTECE COM TODAS AS COISAS VIVAS."

Rachel parecia melhor que a maioria dos outros garotos, mas estava totalmente careca. Isso realmente pedia que a gente se acostumasse. De cinco em cinco minutos, ou coisa assim, eu olhava para a cabeça dela ou apenas pensava na careca enquanto tentava não olhar para ela, e minha pele ficava quente e pinicava. Como Earl observou, parecia um bocado com a cabeça de Darth Vader quando eles tiraram a máscara dele. Era absurdamente branca, como se tivesse sido fervida, e meio cheia de veias e calombos.

Mas ao menos ela estava com um humor OK – estava fraca e sua voz, rouca, mas sorriu ao me ver e, por alguma razão, os olhos dela estavam muito felizes. Não sei como descrever. Há uma chance de que a felicidade fosse apenas por causa de alguma medicação contra a dor extremamente poderosa que estavam lhe dando. Nunca se sabe realmente num hospital.

– Ei – falei.

– A coisa mais bonita em você é que você não é um fantoche de meia. – Foi o que ela me disse.

Era uma fala de *Hello, Good-Die*, nossa paródia do James Bond, na qual todo mundo é fantoche de meia. Por alguma razão, era hilário ela me cumprimentar com esta linha.

– Aff – falei.

– Obrigada por me visitar.

– Pois é, aconteceu de eu estar por perto.

– Pois é, eu ouvi.

Baixei um pouco a minha guarda depois da história de *Hello, Good-Die*. Normalmente é quando sua guarda está baixa que você se flagra dizendo as frases mais babacas da sua vida. Um exemplo disso neste exato instante:

– Pois é, pensei que ia ser estranho se eu simplesmente viesse visitar você sem uma boa desculpa, por isso convenci o Earl a quebrar o meu braço, então, humm, isso me deu um bom disfarce, humm. Pois é.

Jesus Cristo! No começo desta frase meu quociente de babaquice era precisamente 4,0, o que era normal. Mais ou menos na hora da palavra "desculpa", estava rumo a 9,4. No fim, foi fácil chegar à nota máxima, 10,0. Na verdade, talvez eu tenha quebrado a escala.

Não resta dúvida de que Rachel não ficou nem um pouco animada com esta frase.
— Da próxima vez, talvez você possa vir sem uma desculpa!
— Claro, eu percebi que eu, humm, pois é.
— Não. Do que é que você está falando?
— De nada.
— Eu estava apenas fazendo uma piada.
— Eu sei.
— Urgh.
Ficamos em silêncio, então eu voltei a fazer barulho:
— Urgh.
— Que barulho é esse?
— Urso-polar arrependido.
Arfada.
— Ursos-polares são os animais mais arrependidos da natureza. Os cientistas não sabem por que é assim. Mas eles têm as expressões mais puras de arrependimento no reino animal. Ouça com atenção como soam bonitos e assustadores: Urrrggghhh.
Arfada, tosse. Então Rachel falou:
— Na verdade, você não devia tentar me fazer rir.
— Oops, foi mal.
— Não, eu gosto de ursos-polares, mas dói um pouco quando rio.
— Sabe, agora eu me arrependo da história do urso-polar, mas esta sensação de arrependimento apenas me faz querer, ainda mais, fazer o som do urso-polar. Porque o urso-polar se arrepende tanto.
Uma arfada fraca.
— O urso-polar simplesmente se arrepende *de tudo*. Ele *adora* peixe e focas. Eles são os *amigos* dele. Ele *odeia* ter que ma-

tar e comê-los. Mas vive muito ao norte para ir até o Whole Foods e...

ARFADA.

– Desculpe, desculpe, tenho que me acalmar.

– Shhh. Está tudo bem.

– Pois é.

Mais silêncio. Inadvertidamente, olhei para a careca de Rachel, que parecia fervida, e fiquei com a sensação de queimação e coceira pela, talvez, décima quarta vez desde que cheguei.

– Então, como você está se sentindo? – perguntei.

– Eu me sinto muito bem – falou ela. Obviamente, estava mentindo. Ela também parecia ter decidido falar mais para me deixar menos preocupado com ela, mas falar parecia deixá-la meio exausta. – Mas eu me sinto meio fraca. Desculpe por ter reclamado com você quando você falou que precisava de uma desculpa para me visitar. Eu só reclamei com você porque estou doente.

– Eu fico totalmente insuportável com as pessoas quando fico doente.

– Pois é.

– Você parece ótima – menti.

– Não. Não pareço – retrucou ela.

Eu não tinha certeza de quanto devia forçar o assunto. Obviamente, não dava para insistir que ela legitimamente parecia muito bem, depois de ficar uma semana no hospital. Ninguém parece bem depois disso. Finalmente, falei:

– Você definitivamente parece muito bem para alguém que acabou de fazer a quimio. – E ela pareceu aceitar isso.

– Obrigada.

Aí veio o fim do horário de visita e uma enfermeira entrou e me disse que eu tinha que ir embora e, pra ser sincero, eu meio que lamentei isso simplesmente porque me sentia como se tivesse feito um trabalho medíocre animando a Rachel e queria ficar mais um pouco. Mas se isso me faz parecer uma boa pessoa, não deveria. A razão disso era que animar a Rachel era uma das coisas nas quais eu me tornara bom, e quando você é bom em alguma coisa, quer fazer isso sempre porque faz você se sentir bem. Então se eu queria ficar com a Rachel era por razões egoístas.

– Peraí, que desenho é esse no seu gesso? – perguntou a minha mãe, no carro.
– Ah, *esse aí* – falei. Minha mente disparou, mas eu não conseguia pensar em nada, então eu tinha que ser sincero. – São peitos.
– *Nojento* – falou a vozinha aguda de Gretchen, e nós voltamos para casa de carro, e então eu comi comida normal pela primeira vez em dias, e meu estômago teve um revertério e, sério, você não quer ouvir os detalhes.

Capítulo 24

ADOLESCENTE PÁLIDO TEM UM DIA TRANQUILO

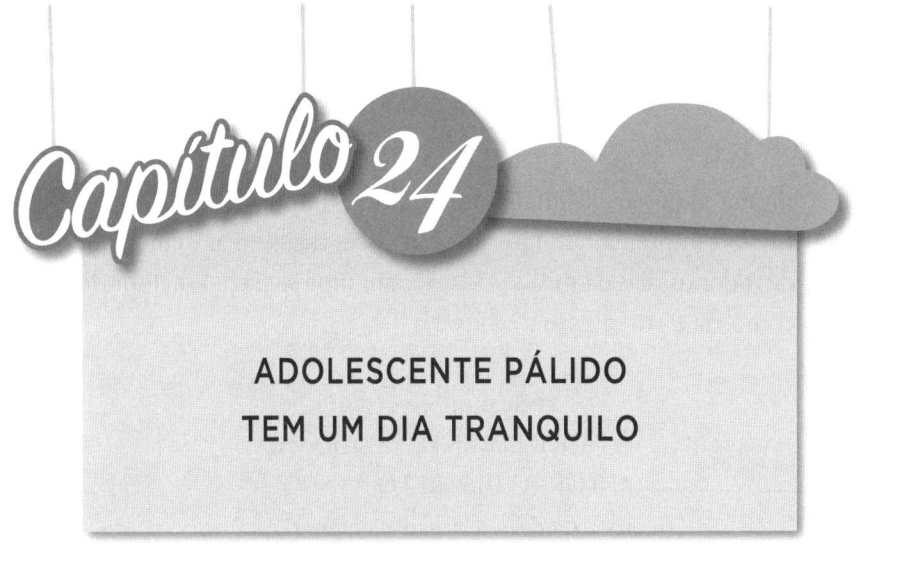

Foi por volta da segunda ou terceira semana de outubro que aconteceu toda essa história do meu braço. Acho que foi, de qualquer forma. Não estou com vontade de checar. Tenho que lhe dar uma razão para não checar? Provavelmente, e isso é uma bosta. A razão que eu seguramente usaria é que é apenas emocionalmente doloroso demais, mas obviamente isso não é verdade se eu estou me dando ao trabalho de escrever este livro idiota. A verdadeira razão é: preguiça. Pensei em catar os papéis da temporada no hospital e simplesmente pareceu um aborrecimento indescritível. Por isso eu não fiz.

Além do mais, é esquisito determinar uma data para as coisas. Fica parecendo que é o noticiário ou coisa que o valha. Como se a minha vida estivesse no *Post-Gazette* ou no *New York Times*.

20 de outubro de 2011
"ADOLESCENTE PÁLIDO TEM ALTA DO HOSPITAL"
"Cineasta aliviado comemora comendo"
"Barriga de gelatina causa ataque de gato"

Pois é, na verdade, este livro provavelmente está fazendo a minha vida parecer mais interessante e importante do que é. Livros sempre tentam fazer isso. Se vocês tivessem as manchetes de todos os dias da minha vida, teriam uma sensação melhor de como ela é entediante e arbitrária.

21 de outubro de 2011
"ADOLESCENTE PÁLIDO FAZ
RETORNO DISCRETO À ESCOLA"
"*Gaines 'irritado' pelo acúmulo de tarefas escolares*"
"Muitos professores não perceberam
ausência de uma semana do aluno"

22 de outubro de 2011
"NADA INTERESSANTE ACONTECE"
"*Comeram sobras no jantar*"

23 de outubro de 2011
"ADOLESCENTE FLÁCIDO TENTA GANHAR
MÚSCULOS NO BRAÇO QUE NÃO QUEBROU"
"*Sessão de levantamento de peso rápida e dolorosa*"
"Cineasta se recupera das horas perdidas sem se mover, com o rosto para baixo no chão da sala"

24 de outubro de 2011
"POUQUÍSSIMA COISA ACONTECE"
"*Mais uma vez, a barriga de gelatina causa ataque de gato*"
"Aluno tem série de conversas vazias que não vale citar"

Talvez, depois de morrer, você tenha uma sala gigante com arquivos de artigos de jornais que foram escritos pelos anjos jornalistas especificamente sobre a sua vida e, então, eles se pareçam com isso. Seria absurdamente depressivo. Felizmente, ao menos, algumas das manchetes seriam sobre as outras pessoas da sua vida e não apenas sobre você.

25 de outubro de 2011
"KUSHNER COMPRA CHAPÉU"
"<i>Olhares estranhos à careca provavelmente
se tornaram irritantes depois de algum tempo</i>"
"Por alguma razão, o chapéu é mais deprimente
que a cabeça de Darth Vader"

26 de outubro de 2011
"JACKSON SOLTA PIADA SOBRE
ALMOÇO SEM NICOTINA"
"<i>Muitas pessoas, objetos inanimados e conceitos
considerados chatos pra caralho</i>"
"Amigo gordinho com cara de marmota:
parar de fumar 'provavelmente foi um erro'"

27 de outubro de 2011
"OS PAIS DOS GAINES INICIAM NOVO <i>ROUND</i> DE
CONVERSAS SOBRE A FACULDADE"
"<i>Notas 'decepcionantes' citadas em
predições detalhadas do fracasso</i>"
"Faculdade vocacional vagabunda é considerada"

Acho que quando eu estava no hospital, meus pais decidiram que era hora de conversar comigo sobre a faculdade. Claro que não foi a primeira vez que conversamos sobre a faculdade. A primeira vez foi quando papai entrou no meu quarto um dia, perto do fim do primeiro ano. Ele tinha um tipo de expressão

cheia de ressentimento, confuso, que assume quando minha mãe pede que faça alguma coisa realmente irritante.
— Oi, filho — dissera.
— Oi — retruquei.
— Filho, você tem interesse em participar de... uma *turnê pelas faculdades*.
— Humm, não muito.
— Ah!
— Pois é, não quero mesmo fazer isso.
— Não... *não* à turnê pelas faculdades, é o que você está dizendo. Eu *entendo*.
— Pois é, não.
Papai estava tão animado com o fato de não fazer uma turnê pelas faculdades que ele imediatamente saiu do quarto e não mencionou mais o assunto durante meses. E apesar de a faculdade estar meio que pairando sobre mim pela vida inteira, como, na época, ninguém falava sobre isso, eu fui capaz de ignorar.

Por alguma razão, eu simplesmente não era capaz de lidar com a ideia de faculdade. Eu tentava pensar nisso, e então minha boca ficava totalmente seca e meu sovaco começava a pinicar e eu tinha que mudar o canal na minha mente para outra coisa que não a faculdade. Normalmente era para o canal da natureza cerebral. É quando você imagina um gracioso bando de antílopes saltitando nas planícies ou alguns castores brincalhões construindo uma casinha sofisticada com gravetos ou, talvez, um daqueles especiais, no qual eles mostram insetos da selva brasileira atacando uns aos outros. Basicamente, qualquer coisa, até que não dê mais para sentir que os sovacos têm abelhas neles.

Não sei por que a faculdade me assusta tanto assim. Na verdade, isso é uma mentira das grandes. E definitivamente eu sei por quê. Tem sido uma quantidade ridícula de trabalho imaginar a vida no Benson – mapear toda a paisagem social, descobrir todos os meios de navegar sem ser percebido – e isso estava no limite dos meus talentos de espião. E a faculdade é um lugar muito maior e mais complicado que o colégio – com infinitamente mais grupos, pessoas e atividades –, e então eu entrei em pânico e enlouqueci só de pensar em como seria impossível lidar com isso. Quer dizer, você realmente *mora* com seus colegas num dormitório, na maior parte do tempo. Como é que você pode ser invisível para eles? Como você pode simplesmente ser meio insípido, inofensivo e esquecível para os caras que *moram no seu quarto*? Não dá nem para peidar lá dentro. Você tem que ir para o corredor ou coisa que o valha para peidar. Ou talvez você nunca peidasse, mas quem sabe o que aconteceria?

Por isso era realmente assustador para mim e eu não quis pensar nisso. Mas então meus pais decidiram que era "importante que eu me preparasse", e mais ou menos uma semana depois de sair do hospital eles me emboscaram feito um par de insetos da selva brasileira, e começaram a me morder. Quer dizer, não literalmente. Você sabe do que estou falando. Foi uma bosta.

Depois de pensar um pouquinho, imaginei que simplesmente iria para Carnegie Mellon, onde meu pai dá aulas. Mas mamãe e papai duvidavam que eu entrasse por causa das minhas notas e total falta de atividades extracurriculares.

– Você poderia mostrar seus filmes a eles – sugeriu minha mãe.

Era uma ideia tão terrível que eu tive que fingir estar morto durante cinco minutos, que foi o tempo que levou para meus pais ficarem cansados de gritar comigo e saírem do quarto. Mas então, quando eles me ouviram andando por ali, voltaram, e nós tivemos que conversar um pouco mais.

No fim, decidimos que, na pior das hipóteses, eu deveria me inscrever na Pitt, isto é, na Universidade de Pittsburgh, que eu considerava na época a irmã maior e ligeiramente mais idiota que a Carnegie Mellon. Minha mãe também me fez prometer dar uma olhada na lista de faculdades, talvez apenas me sentar durante uma hora e folhear, "só para ter *ideia do que havia lá fora*"; na verdade, não ia demorar tanto assim e é bom ter uma ideia das opções porque há "*tantas opções diferentes lá fora e seria um absurdo se você não encontrasse a certa*" e finalmente eu estava, tipo, "TÁ, TÁ, MINHA NOSSA!".

Mas o livro com as faculdades tinha, literalmente, mil e quatrocentas páginas. Então não havia meio de isso realmente acontecer. Por alguma razão, eu o carreguei na mochila por alguns dias, e sempre que olhava para ele tinha a sensação de abelhas-no-sovaco.

Cometi o erro de mencionar faculdade perto de Rachel durante uma de minhas visitas ao hospital, e então ela ficou realmente interessada e tivemos que conversar sobre isso durante um tempo estranhamente longo.

– Aparentemente, o Hugh Jackman está fazendo mais abdominais – falei, tentando distraí-la. – Então, agora, ele tem mais quatro gominhos além dos que costumava ter.

É uma loucura eu não ter distraído Rachel da faculdade, mas não distraí.

– Então você quer ir para a Carnegie Mellon? – falou ela. E se ergueu e meio que ficou me encarando mais do que o normal.

– Quer dizer, eu preferia ir para lá do que a qualquer outro lugar – falei. – Mas meus pais acham que não vou entrar. Então, provavelmente, vou para a Pitt.

— Por que você não entraria?

— Urgh, não sei. Você tem que ter boas notas e depois tem que ser presidente de uma equipe de debates ou tem que ter construído um abrigo para os sem-teto e eu não fiz nada fora da escola a não ser ficar por aí.

Dava para ver que Rachel queria mencionar os filmes, mas não fez isso, o que era bom, porque eu estava totalmente preparado para me fingir de morto mais uma vez. Mas num hospital isso não é muito aceitável como tática para mudar de conversa. Simplesmente não é o lugar certo para tentar esse tipo de truque. Além disso, alguém poderia entrar e realmente achar que você estava morto, e, então, pôr você numa cadeira de rodas ou maca e levar até uma sala de espera ou coisa assim, como Gilbert, aquela possível-pessoa-morta presa à cadeira de rodas que eu mencionei duas mil e quatrocentas palavras atrás.

— Sério, meu único objetivo na faculdade é não entrar numa fraternidade — falei, apenas para continuar com um tema decente. — Porque a primeira coisa que as fraternidades gostam de fazer é pegar o gordinho e amarrá-lo no mastro da bandeira, no carro de um dos professores ou coisa assim. Então tenho medo de isso acontecer comigo. É o que elas mais gostam de fazer. Talvez queiram me chicotear com um cinto ou coisa parecida. Na verdade, é extremamente homoerótico, mas aí, se você diz isso, perdem a cabeça.

Por alguma razão, isso não fez Rachel rir.

— Você não é gordo — falou ela.

— Sou gordo pra caramba.

— Não é.

Parecia estúpido Rachel discordar de mim. Então o que fiz em seguida foi algo que nunca tinha feito antes.

— Sei de alguém que não concorda com você — falei. — O nome dele é Pança e Manteiga de Amendoim, menos a manteiga de amendoim.

– Humm – falou Rachel, mas então levantei a camisa e mostrei a barriga para ela.

Quer dizer, não sou tão gordo quanto um monte de garotos, mas sem dúvida sou gordo e, sem dúvida, posso pegar dois pneuzinhos na barriga e fazê-los falar como um Muppet.

– EU GOSTARIA DE DISCORDAR DO QUE VOCÊ ACABOU DE DIZER! – berrou meu estômago. Por alguma razão, ele tinha sotaque do Sul. – ESTOU MORTIFICADO E ANGUSTIADO COM A SUA ACUSAÇÃO. ALÉM DISSO, VOCÊ TEM PILHAS DE BANDEJAS DE *NACHOS* À DISPOSIÇÃO?

Até aquele momento na minha vida, eu nunca tinha feito a minha barriga conversar com outros seres humanos. Nunca tinha parecido importante me degradar desse jeito para fazer alguém rir. Isso devia ser uma indicação de como eu queria que a Rachel risse. Mas não teve nem arfada nem roncada da Rachel naquele dia.

Já é ruim o suficiente você balançar a própria barriga flácida e berrar com sotaque do Sul para alguém. Mas é pior quando a pessoa nem está rindo.

– SE NÃO TIVER *NACHOS*, EU FICARIA, CONTRA A MINHA VONTADE, COM UM BIFE E UM BOLO – emendou a barriga, mas Rachel nem mesmo sorriu.

– O que você ia querer estudar na Carnegie Mellon? – perguntou ela.

– Quem sabe? – falei. Eu estava mantendo a camisa levantada, caso ela percebesse que eu estava bancando o ridículo para ela se divertir. Mas ela não parecia se dar conta disso.

Ela estava calada, por isso eu continuei falando:

– Quer dizer, de qualquer forma, na maior parte do tempo você nem sabe o que vai estudar quando vai para a faculdade. Então você pega um monte de cursos e vê de quais gosta. Certo?

Eu tinha que continuar falando ou ela ia perguntar sobre os filmes. Eu podia simplesmente dizer:

– É basicamente como um bufê. Como um bufê muito caro, mas que você tem que comer tudo que está no prato ou eles a expulsam. Então, o conceito é meio foda. Se isso acontecesse com bufês de verdade, seria incrível. Se você estivesse tipo: "Humm, o porco *mu shu* tem tipo um gosto de terra e de giz", e então um cara chinês enorme dissesse: "COMA OU VAI SER REPROVADO, E TAMBÉM VAMOS BOTAR VOCÊ PRA FORA DO RESTAURANTE", isso não parece um bom modelo de negócio.

Nada. Nada de arfada, nenhum sorriso. Era uma grande bosta. A essa altura, eu estava mantendo a camisa levantada apenas por teimosia, porque era evidente que não ia gerar mais gargalhadas monstruosas.

– Então você não sabe o que quer estudar?

Era óbvio que Rachel estava conduzindo a conversa para a coisa do filme. Mas se ela não ia rir do que eu estava falando, então que se fodesse. Decidi reverter a coisa toda.

– Não – falei. – E o que você vai estudar?

Rachel simplesmente me encarou.

– Quer dizer, quando você for pra faculdade, o que você vai estudar?

Rachel meio que virou a cabeça para o outro lado. Eu devia ter calado a boca neste momento, mas não calei.

– E, por falar nisso, em qual faculdade você vai se inscrever?

Agora Rachel fitava a tela vazia da televisão e eu estava sentado ali, apontando minha barriga idiota e gorda para ela, e foi então que me toquei de que estava sendo um babaca. Tipo um tremendo babaca. Eu estava perguntando para uma garota que estava morrendo sobre os planos que ela fazia para o futuro. Esse era o truque mais babaca ali. Puta merda. Eu queria me socar no rosto com muita força. Eu queria bater uma porta na minha cabeça.

Mas, ao mesmo tempo, eu não tinha deixado de me sentir indignado por ela ficar triste, hostil, esquisita e fazer eu me sentir mal por tentar animá-la.

Então, basicamente, eu odiava todo mundo naquele quarto. Abaixei a camisa e tentei descobrir um meio de terminar a conversa sem que um de nós tentasse se matar.

– Ei – falei. – Minha mãe me deu a porra do livro das faculdades. Você pode, sem dúvida, ficar com ele, se quiser olhar alguma. Na verdade, estou com ele aqui.

– Não vou me inscrever pra faculdade este ano.

– Ah.

– Vou esperar até melhorar.

– Parece um bom plano.

Ela continuou a fitar a tela da televisão, parecendo meio alheia e meio puta.

– Isso é bom – falei –, porque o livro é uma bosta. Tem tipo umas mil e quatrocentas páginas e cada uma é sobre algum lugar cristão no Texas, ou coisa que o valha.

Posso dizer uma coisa? Era exaustivo continuar falando sem parar. E talvez eu devesse ter simplesmente relaxado. Mas era como se eu tivesse que fazê-la rir, caso contrário minha visita seria um fracasso. Então, feito um bravo aventureiro dos mares, embarquei em outro tema.

– Além disso, eu fico irritado porque é basicamente um lembrete de como eu não vou chegar a algum lugar bom. Tipo, você começa pelo fim, e então chega a Yale e você fica: "Ah, claro, Yale, eu devia me inscrever nela porque é uma boa universidade." Muito bem. Mas então você vê que eles precisam de, no mínimo, uma média 6,0. Pois é. E você fica tipo: "Que merda, a média do Benson nem mesmo *chega* a 4,6."

Rachel parecia estar se acalmando um pouco, embora eu sentisse que não tinha a ver com o tema. Mas eu decidi seguir adiante com isso porque preenchia o tempo. Na verdade, essa é a melhor coisa sobre um bom tema. Não é que seja engraçado, embora normalmente um bom tema seja muito engraçado. A coisa mais importante é que ele preenche o tempo, então você não tem que falar nada depressivo.

– Pois é. E então você liga para o gabinete de admissões e você está tipo: "Yale, qual é o problema com esse negócio de 4,6", e eles: "Ah, claro, sabe, se você fosse um aluno mais motivado, teria descoberto o *colégio secreto para preparação para Yale* que está enterrado bem fundo em seu colégio, e onde todos os professores são *gênios mortos-vivos* assustadores, e que é o local onde você chegaria a mais de 4,6, e também onde você aprende os segredos da viagem no tempo. E, humm, e *criar vida artificial a partir de utensílios cotidianos*. Você pode *fazer o* mixer *voltar à vi-i-i-da*. O *mixer* costuma ser um criado dedicado *que pega sua correspondência*, a não ser quando acidentalmente *fica partindo coisas em pedacinhos minúsculos porque ele é um* mixer. Ya-a-a-le."

– Na verdade, Greg, você pode deixar o livro aqui.

Havia uma boa chance de que ela estivesse dizendo isso para se livrar de mim mas pelo menos foi uma resposta, e meio que positiva.

– Sério?

– A menos que você queira guardá-lo.

– Não. Tá brincando. Eu odeio este livro. Isso é ótimo.

– Pois é, eu quero dar uma olhada nele.

Eu o retirei do fundo da mochila. Eu estava realmente animado por me livrar dele. Além disso, talvez isso fizesse Rachel esquecer que ela estava morrendo.

– Aqui está.

— Basta pôr em cima da mesa.
— Feito.
— OK.

Talvez ela tivesse se acalmado um pouco, mas ainda não estava rindo nem reagindo muito e eu meio que perdi o controle e falei:

— Não estou animando você de jeito algum quando venho aqui. Estou sendo um babaca.

— Você não está sendo um babaca.

— Estou sendo um pouco.

— Bem, você não tem que me visitar se não quiser.

Isso era meio difícil de se ouvir. Porque, sinceramente, eu *não* queria continuar a visitá-la. Era estressante o suficiente quando ela estava de *bom* humor. Agora que ela estava superdoente, e puta o tempo inteiro, aquilo me deixava muito estressado. Acelerava minha frequência cardíaca, por exemplo. Eu ficava sentado ali e tinha aquela sensação estranha de algo batendo que você tem quando a frequência cardíaca aumentou demais. Mas eu sabia que me sentiria pior ainda se não a visitasse.

Então, basicamente, a minha vida ficou totalmente fodida por causa disso tudo.

— Não vou deixar de vir aqui porque eu *não quero* – falei. Aí, como isso não fazia sentido algum, expliquei: — Eu venho aqui porque quero. Se não quisesse vir aqui, por que diabos eu viria?

— Porque você sente que tem que vir.

Na verdade, a única coisa que eu poderia responder era mentira.

— Não sinto que *tenho que vir*. Além disso, sou totalmente irracional e estúpido. Portanto, às vezes, quando tem coisas que eu *tenho que fazer*, nem *faço*. Não sei como viver uma *vida humana normal*.

Era uma direção ridícula a seguir, por isso resolvi recuar e recomeçar.

– Eu *quero* vir aqui – falei. – Você é minha amiga.

Depois eu disse:

– Eu gosto de você.

Pareceu ridiculamente estranho dizer isso. Não acho que eu já tivesse dito essas palavras para alguém antes, e provavelmente nunca vou dizer de novo, porque você não pode dizer sem se sentir um idiota.

De qualquer forma, ela respondeu com um "Obrigada". Não ficou muito claro o que ela queria dizer com isso.

– Não me *agradeça*!

– Tá.

– Quero dizer: me desculpa. Isso é loucura! Agora estou gritando com você.

Eu queria sair dali. Mas sabia que ia me sentir um bosta se fosse embora. Acho que ela percebeu isso.

– Greg, eu estou doente – falou. – Simplesmente não estou muito animada agora.

– Pois é.

– Você pode ir.

– OK, está bem.

– Gosto quando você me visita.

– Isso é bom.

– Talvez eu esteja melhor da próxima vez.

Mas, no fim das contas, ela não melhorou.

Minha nossa. Odeio escrever sobre isso.

Capítulo 25

GUIA DE UM IDIOTA PARA ENTENDER A LEUCEMIA

Então provavelmente eu devia tentar explicar o que é a leucemia para o caso de você ficar confuso com isso. Eu sabia extremamente pouco sobre a doença antes de toda essa história da Rachel. Agora sei uma quantidade medíocre, que, sinceramente, é muito mais do que eu realmente estou interessado em saber.

Alguns tipos de câncer se localizam em seu corpo, como um câncer de pulmão ou câncer de bunda. Provavelmente você acha que câncer de bunda não existe, mas existe. De qualquer forma, você consegue acabar com esses tipos de câncer cirurgicamente. Mas a leucemia é câncer do sangue e da medula óssea, por isso ele se espalha por todo o seu corpo, de modo que você não consegue simplesmente acabar com ele com o bisturi. Quer dizer, a coisa do bisturi obviamente é assustadora e nojenta, mas o outro meio de tratar o câncer é explodi-lo com radiação ou medicamentos, o que é pior. E com a leucemia você tem que fazer isso com o corpo todo de uma pessoa.

Então, definitivamente, é uma bosta.

Minha mãe diz que é tipo uma cidade com "maus elementos" nela – alguma coisa na situação da Rachel faz a minha mãe se esquecer de que não sou um bebê –, de qualquer forma, é como uma cidade com maus elementos, e a quimio está, tipo, lançando bombas na cidade para matá-los. Eu contei a Rachel sobre isso e ela não se interessou.

– Não, é mais tipo: "Eu tenho câncer"– falou ela – e estou recebendo a quimioterapia.

De qualquer forma, no processo de bombardear os maus elementos para que eles morram, sem dúvida houve algum dano à cidade Rachel, especificamente nas vizinhanças de Cabeloville, Pelefield e no distrito gastrointestinal. Por isso ela comprou o chapéu. Era uma coisinha cor-de-rosa, peluda e fofa que você normalmente vê nas garotas que correm pelos shoppings, e não em meninas pálidas deitadas na cama o tempo inteiro.

Então, se fosse um livro normal sobre leucemia, provavelmente eu falaria muita merda sobre todas as coisas importantes que Rachel tinha a dizer ao mesmo tempo que ficava cada vez mais doente, e também provavelmente a gente se apaixonaria e ela morreria nos meus braços. Mas não estou com vontade de mentir para você. Ela não tinha coisas importantes a dizer e, com certeza, a gente não se apaixonou. Ela parecia menos irritada comigo depois do meu ataque idiota, mas basicamente foi apenas de irritável para quieta.

Então eu ia para lá e dizia algumas coisas, e ela meio que sorria e, às vezes, dava uma risadinha, mas, na maior parte do tempo, não dizia nada, e eu ficava sem ter o que dizer, e então a gente botava um filme Gaines/Jackson e assistia. Primeiro, os mais recentes; depois, os antigos, quando cansávamos dos outros.

Assistir com ela era uma experiência estranha porque ficava concentrada demais neles. Eu sei que parece bobagem, mas sentado ao lado dela, subitamente, eu vi os filmes do modo como eu achava que ela os via – como a fã pouco crítica que realmente *gosta* de todas as escolhas idiotas que nós fazemos.

Não estou dizendo que aprendi a gostar de ver os filmes. Acho que apenas vi como a gente podia tolerar todas aquelas imperfeições alucinadas que nós tínhamos. Você podia olhar para a iluminação ruim ou o som estranho e afastar a sua atenção da história que a gente tentava contar e, em vez disso, simplesmente pensar em mim e Earl, como cineastas, meio que acidentalmente desviando a atenção para nós mesmos. E se você gostava de nós, ia gostar disso. Talvez fosse assim que a Rachel visse tudo que fazíamos.

Mas ela não dizia nada, na verdade, então talvez eu apenas estivesse imaginando tudo.

Enquanto isso, ela não parecia melhorar e havia dias nos quais estava realmente de mau humor e não existia nada que eu pudesse fazer para ajudar. Um dia, quando a gente estava assistindo alguma coisa, ela ficou realmente quieta e depois falou:

– Greg, acho que você tinha razão.
– Quê?
– Falei que acho que você tinha razão.
– Ah.

Ela estava quieta, como se esperasse que eu soubesse o que ela queria dizer.

– Eu, humm, normalmente tenho razão.
– Você não quer saber sobre o que é?
– Humm, pois é.

Ou talvez ela não esperasse que eu soubesse o que ela queria dizer. Quem sabe? As garotas são loucas, e garotas que estão morrendo são mais loucas ainda. Na verdade, isso é uma bobagem. Retiro o que disse.

– Então eu tinha razão sobre o quê?
– Acho que você tinha razão quando disse que eu estava morrendo.

Odeio reclamar disso, mas, ao mesmo tempo, isso fez eu me sentir uma bosta. Eu estava tão puto com o fato de ela dizer isso. Tentei engolir em seco.

– Eu nunca disse que você estava morrendo.

– Mas você *pensou* que eu estava morrendo.

– Não pensei.

Ela estava em silêncio e isso era irritante.

– Eu *não* pensei – falei em voz extremamente alta.

Quer dizer, era mentira e nós dois sabíamos disso.

Finalmente, Rachel falou:

– Bem, se você tivesse pensado, teria razão.

Ficamos em silêncio por um tempo realmente longo depois disso. Na verdade, eu queria gritar com ela. Talvez eu devesse ter feito isso.

MINHA NOSSA, ODEIO ESCREVER SOBRE ISSO

Capítulo 26

CARNE HUMANA

A vida de uma pessoa é como um grande ecossistema estranho, e se tem uma coisa sobre a qual os professores de ciências gostam de tagarelar é que as mudanças numa parte de um ecossistema afetam a coisa toda. Então, vamos imaginar que a minha vida é um lago. Muito bem. Os outros organismos no lago (filmes, lição de casa) estão acostumados a certa quantidade de algas (o tempo que passo com essas coisas) para se alimentar. Mas agora este peixe atingido pelo câncer está comendo todas essas algas. Consequentemente, o lago está meio agitado.

(Esse último parágrafo foi tão estúpido que eu nem consegui reunir forças para apagá-lo. E, por falar nisso, para cada coisa entorpecedora que você leu neste livro havia outras quatro que eu escrevi e apaguei. A maior parte era sobre comidas ou animais. Percebi que, provavelmente, eu parecia obcecado com comida e animais. Isso porque são as duas coisas mais estranhas no mundo inteiro. Sente-se numa sala e pense neles. Na verdade, não faça isso, porque você poderia ter um ataque de pânico.)

Então era isso que estava acontecendo na minha vida. O trabalho de casa, por exemplo, com certeza, estava sofrendo. O sr. McCarthy até me puxou para o lado e falou sobre isso.

– Greg.
– Oi, sr. McCarthy.
– Me dê um fato.

O sr. McCarthy me emboscara no corredor, a caminho da sala de aula. Ele estava em pé, muito ereto, na minha frente e assumiu uma posição inexplicável. Era como a posição de um lutador de sumô, mas com menos impacto.

– Humm... qualquer fato?
– Qualquer fato, mas deve ser apresentado com *extrema autoridade*.

Eu não estava dormindo muito por alguma razão, por isso, na verdade, tive dificuldade em citar um fato.

– Fato: uma mudança numa parte de um ecossistema, hum, afeta a coisa toda.

O sr. McCarthy evidentemente não ficou impressionado com este fato, mas deixou por isso mesmo.

– Greg, vou levar você por cinco minutos. Então vou lhe dar um bilhete para você poder ir para a sala de aula.
– Boa ideia.
– É isso que vai acontecer *agora*.
– OK.
– Está pronto?
– Sim.
– Bom.

Entramos no gabinete dele. Eles ainda não tinham terminado as obras na sala dos professores, portanto o oráculo estava sobre a mesa dele, supostamente contendo a sopa com infusão de maconha. Ao ver isso, imediatamente comecei a temer que o sr. McCarthy me confrontasse, junto com o Earl, sobre ter tomado do oráculo. Esta sensação de pânico ficou pior quando ele falou o seguinte:

– Greg, você sabe por que eu o trouxe aqui?

Não parecia haver uma resposta correta para aquela pergunta. Vou muito mal em situações de pressão também. Isso não deveria surpreender. Então tentei dizer "não", mas minha garganta estava seca por causa do medo e eu meio que simplesmente fiz um chiado. Eu também provavelmente parecia que ia vomitar. Porque, sinceramente, era estressante demais pensar no que um esquisito grandalhão, maluco e coberto de tatuagens como o sr. McCarthy faria se soubesse que a gente tinha descoberto que ele estava fazendo algo ilegal. Fiquei sentado ali e notei que, embora gostasse do sr. McCarthy, eu também estava profundamente apavorado com ele e suspeitava que ele talvez fosse um psicopata.

Esta suspeita se aprofundou quando, sem avisar, ele tentou me esmagar com os braços gigantes em cores fortes.

Eu estava apavorado demais para resistir de alguma forma, então meio que amoleci. Ele tinha me cercado e estava me abraçando até a morte. Um monte de pensamentos passou pela minha cabeça naquele momento. Um deles era: esse é *exatamente* o jeito bobo de um maconheiro tentar matar uma pessoa. Dando um abraço fatal nela. Qual é o problema com os maconheiros? Drogas são estúpidas.

Levou um tempo constrangedoramente longo para perceber que ele estava, na verdade, me dando um abraço.

– Greg, amigão – falou, depois de um tempo. – Sabemos como as coisas têm sido difíceis para você nesse momento. Com a Rachel no hospital. Todos nós vimos isso.

Então ele me soltou. Como eu amolecera, isso me fez cair quase até o chão. Ao contrário do aluno médio do colégio, o sr. McCarthy não achou engraçado. Em vez disso, ele ficou muito preocupado.

– Greg! – gritou ele. – Calma, amigão. Você precisa ir pra casa?

– Não, não – falei. – Estou bem.

Eu me levantei. Nós nos sentamos nas cadeiras. O sr. McCarthy tinha uma expressão no rosto de grande preocupação. Sem dúvida, aquilo não tinha nada a ver com a personalidade dele e me distraía um pouco. Era como quando um cachorro faz uma cara parecida com a de um ser humano e você temporariamente baixa a guarda. Você fica tipo: "Uau! O cachorro está sentindo uma mistura de melancolia nostálgica e brandura." Não sei se um cão é capaz de ter emoções dessa complexidade.

Foi assim com o sr. McCarthy.

– Todos vimos como você ficou afetado com a Rachel – falou o sr. McCarthy. – E, definitivamente, ouvimos falar sobre todo o tempo que você tem passado com ela. Amigão, você é um excelente amigo. Qualquer um teria muita sorte de ter um amigo como você.

– Não sou, de verdade – retruquei. O sr. McCarthy não parecia me ouvir, o que provavelmente era uma coisa boa.

– E eu sei que a escola não é a prioridade neste momento – emendou o sr. McCarthy, me olhando nos olhos de um modo que me deixava muito nervoso. – Estou entendendo, amigão. Eu era como você na escola. Era inteligente, mas não me dedicava, e fazia o suficiente para passar de ano. E até pouco tempo atrás *você estava* fazendo só o suficiente para passar. Mas, veja só...

Ele se aproximou de mim. Eu estava tentando imaginar o sr. McCarthy na época em que era estudante. Por alguma razão, na minha mente, ele era ninja. Se esgueirava ao redor da lanchonete, tarde da noite, se aprontando para matar alguém.

– Ei. O trabalho de casa está definitivamente sofrível. Isso é um fato verdadeiro. Já conversei com os outros professores. Em todas as aulas, você está distraído e não está participando, além de esquecer as tarefas. E em algumas aulas, amigão, você está bem fundo, dentro d'água. Me deixa mostrar outro fato pra você. Rachel... não quer... que você se dê mal nas aulas.

– Pois é – falei.

Pra ser sincero, eu estava puto. Em parte, estava puto porque o sr. McCarthy e eu costumávamos ter uma relação professor/aluno que envolvia zero conversas sérias e irritantes feito esta, e essa relação era ótima. E agora aparentemente isso tinha acabado. E, em parte, eu estava puto porque sabia que ele tinha razão. Definitivamente, eu não estava fazendo todo o dever de casa. Os professores tinham comentado isso. Eu os ignorava, mas era mais complicado ignorar o sr. McCarthy, porque, apesar de ser um maconheiro maluco, era o único professor lúcido em todo o colégio Benson.

– Amigão, é isso – concluiu o sr. McCarthy. – Este é o último ano e aí você vai embora. Me deixa dizer o seguinte: depois do colégio, a vida só melhora. Você está num túnel agora. Tem uma luz brilhando no fim dele. Você tem que ir para a luz. O colégio é um *pesadelo*, amigão. Talvez sejam os piores anos da sua vida.

Eu realmente não sabia o que dizer ao ouvir isso. Olhar nos olhos dele me dava dor de cabeça.

– Por isso você tem que sair daqui. Não pode falhar. Agora, você tem a melhor desculpa para o mundo, mas não dá pra usar. Está bem?

– Está.

– Vou fazer tudo que puder por você, porque você é um bom garoto. Greg, você é um grande garoto e muito foda.

Eu nunca tinha ouvido o sr. McCarthy usar a palavra "foda", então isso era no mínimo meio emocionante. Ainda assim, meu reflexo de modéstia excessiva não seria negado.

– Não sou tão grande assim.

– Você é um tremendo animal – falou o sr. McCarthy. – Isso é tudo. Volte para a sala de aula. Tome um bilhete. Todos nós achamos que você é um *animal... totalmente... feroz.*

O bilhete dizia: "Tive que conversar com Greg Gaines por cinco minutos. Por favor, desculpe sua ausência. Ele é um animal. Sr. McCarthy, 11:12."

Nesse meio-tempo, em casa, Gretchen estava entrando na fase em que não podia suportar uma refeição inteira se papai estivesse à mesa. Em parte era por causa de papai estar numa fase na qual não conseguia deixar de fingir que era um canibal. Se a gente estivesse comendo alguma coisa com galinha, ele afagava a barriga e anunciava: "Carne huma-a-a-a-na. TEM GOSTO DE GALINHA." Isso fazia com que Gretchen irrompesse em lágrimas e saísse, batendo os pés, da sala de jantar. As coisas simplesmente pioraram quando Grace começou a fazer isso também, o que era loucura porque uma garotinha de 6 anos fingindo ser canibal é uma das coisas mais incríveis do mundo.

Então é isso que está acontecendo em casa. Na verdade, não é nem relevante, mas eu queria escrever sobre a história do canibal.

E, quanto aos filmes, eu não sei. Earl e eu realmente não acabamos fazendo o filme *Dois maricas*. Nós nos encontramos algumas vezes para assistir aos filmes de David Lynch, e sabíamos que o cara era foda, mas por alguma razão tivemos problemas para escrever um roteiro nosso. A gente meio que apenas ficava sentado, olhando para a tela do laptop. Então Earl saía para fumar um cigarro e eu o seguia. Aí a gente voltava e ficava olhando por mais tempo, sem dizer uma palavra.

Então, provavelmente você está lendo tudo isso, meio assim: "Uau! O Greg realmente estava triste com a história da Rachel a ponto de sua vida inteira estar à beira do colapso. Isso é tocante." Mas, sinceramente, não é exato. Eu não ficava sentado num quarto, com lágrimas descendo pelo rosto, abraçando um dos travesseiros e ouvindo música de harpa o tempo todo. Eu não perambulava por campinas úmidas, meditando melancolicamente sobre a felicidade-que-podíamos-ter-tido. Porque talvez você não se lembre disso, mas eu realmente não estou apaixonado pela Rachel. Se ela não tivesse tido câncer, será que eu passaria algum tempo com ela? Claro que não. Na verdade, se ela tivesse uma recuperação milagrosa, será que seríamos amigos depois? Nem tenho certeza de que seríamos amigos. Isso tudo, obviamente, parece terrível, mas não há razão para mentir.

Então eu não estava triste. Apenas estava exausto. Quando não ficava no hospital, eu me sentia culpado por não estar no hospital tentando animá-la. Quando estava no hospital, na maior parte do tempo me sentia um amigo inútil e ineficaz. Então, de um jeito ou de outro, a minha vida estava profundamente na merda. Mas também me sentia um otário por sentir culpa, porque não era a minha vida que estava literalmente no fim.

Pelo menos eu tinha Earl uma parte do tempo para me animar.

EXT. VARANDA DOS FUNDOS NA CASA DOS GAINES - NOITE

                     EARL
      de repente
Então você pode ser heterossexual, homossexual, e eu sinto que entendo isso, tipo, você é uma mulher no

corpo de, humm, homem ou uma merda dessas, mas andei pensando nisso e em como, caramba, alguém pode se chamar de *bi*ssexual.

GREG
Humm...

EARL
Cara, isso nunca aconteceu, aquela garota com a bunda bonita está me fazendo ficar de pau duro neste minuto. Ah, peraí, besteira minha, aquele *cara* ali é que está me fazendo ficar de pau duro. Isso não faz a porra de *sentido* algum.

GREG
Acho que às vezes eu também fico me perguntando isso.

EARL
Porra. Se você fala, tipo: "É sério. Eu sou bissexual e fico de pau duro por qualquer pessoa", cara, você deve ficar de pau duro com todo tipo de esquisitices.

GREG
Acho que, humm... quer dizer, alguns cientistas pensam que todo mundo, na verdade, é um pouco dos dois. Homo e hétero.

EARL
Neca. Isso não faz a porra de sentido algum. Você está me dizendo agorinha mesmo que pode olhar uns peitinhos e ficar de pau duro, olhar pro pau fedido de um cara e

ficar de pau duro de novo. Você vai falar sério sobre isso?

                    GREG

Acho que não consigo dizer isso não.

                    EARL
            com ar determinado

Cachorro fazendo cocô: pau duro. O cheeseburger duplo da Wendy: pau duro. Vírus no computador que destrói tudo: pau duro.

                    GREG

Página de negócios do *Wall Street Journal*.

                    EARL

Pau muito duro para *essa porra*.

Silêncio contemplativo.

                    EARL

Ei, tenho uma frase pra você. Você quer sair com aquela garota, com os peitões?

                    GREG

Tá. Você me deu uma frase.

                    EARL

Vá até ela e fale: "Gata, você talvez não saiba isso a meu respeito, mas sou *tris*sexual."

GREG
inseguro

OK.

EARL

E a garota fica tipo: "Que porra é essa?"

GREG

Pois é.

EARL

E você fica tipo: "Pois é. *Tri*ssexual."

GREG

OK.

EARL

Ela fica tipo: "O quêêê?" Tá me acompanhando?

GREG

Tô acompanhando.

EARL

Muito bem, ela fica toda confusa. Então você solta a bomba, você fala tipo: "Trissexual, gata. Porque quero *comer* você três vezes."

GREG

Ahhh!

EARL

Trissexual.

                    GREG
Com certeza, vou usar isso.

                    EARL
Beleza.

Capítulo 27

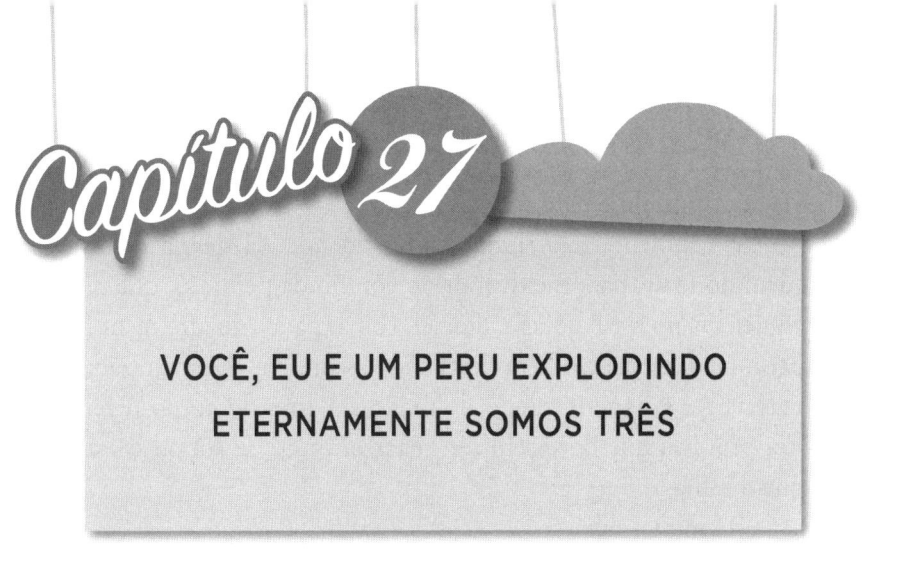

VOCÊ, EU E UM PERU EXPLODINDO ETERNAMENTE SOMOS TRÊS

Muito bem. Agora estamos chegando naquela parte em que a minha vida realmente começou a acelerar para a beira de um precipício. E, na verdade, essa parte nem foi por culpa da minha mãe. Foi culpa da Madison. Com certeza, é estranho que elas tenham um papel semelhante na minha vida. Não estou tentando nem pensar nisso com muita atenção, a menos que eu queira ficar de pau duro de novo.

Foi no início de novembro e eu estava naquela parte do corredor onde eles penduraram um monte de pinturas vagamente assustadoras de perus e pioneiros, dos alunos do nono ano, quando Madison apareceu do nada e agarrou meu braço. Nossas peles na verdade estavam se tocando, especificamente no formato mão-no-braço.

De repente, eu fiquei com medo de explodir.

– Greg – falou ela. – Tenho que lhe pedir um favor.

Não é que eu estivesse sentindo vômito se formando no meu estômago. Era apenas que, na minha mente, eu podia me ver vomitando na Madison. Eu vi isso de modo extremamente claro. Talvez tivesse um pouquinho de vômito ali.

– Eu juro que não vi nenhum dos seus filmes – falou ela, parecendo um pouco impaciente –, mas Rachel viu, obviamente, e ela gosta mesmo deles. E eu apenas tive uma ideia... você devia fazer um filme para *ela*.

Eu realmente não tinha certeza do que ela queria dizer. Além do mais, para me distrair do vômito da perdição, que se esgueirava no meu esôfago, desviei o olhar para o quadro de um peru. Nem estava tão bem desenhado assim. Por alguma razão, parecia ter sangue jorrando de todas as partes do corpo dele. Era provável que devessem ser penas ou raios de sol ou coisa que o valha.

– Humm – falei.

Nesse meio-tempo, Madison pareceu confusa com a minha reação nada entusiasmada à sua ideia.

– Quer dizer – falou e se interrompeu. – Você não acha que ela ia adorar?

– Humm.

– Greg, o que é que você está olhando?

– Humm, desculpe, eu me distraí.

– Com o quê?

Eu realmente não consegui pensar em nada. Era como se eu estivesse doidão. Na verdade, isso me lembrou daquela imagem inexplicável do texugo que surgiu na minha mente depois que Earl e eu comemos a sopa *pho* do sr. McCarthy. Então eu falei:

– Humm, era só uma imagem de um texugo na minha mente, por alguma razão.

Nem preciso dizer que assim que essas palavras saíram dos meus lábios eu quis me ferir com violência.

– Texugo – repetiu Madison. – Feito o animal?

– É, sabe – falei com voz fraca. E emendei: – Apenas uma daquelas imagens da cabeça de um texugo que a gente vê às vezes.

Eu queria comer uma furadeira. Por incrível que pareça, Madison foi capaz de ignorar isso e continuar falando:

— Então, eu acho que você devia fazer um filme para a Rachel. Ela realmente ama demais os seus filmes e assiste a eles o tempo todo. Eles a fazem muito feliz.

Como se a história do texugo não fosse o suficiente, subitamente chegou a hora de eu dizer uma segunda coisa estúpida. Na verdade, era hora de outro episódio do programa menos favorito de todo mundo: "*A hora da modéstia excessiva com Greg Gaines.*"

— Eles não podem deixá-la *tão* feliz assim.

— Greg, cala a boca. Sei que você tem problemas quando é elogiado. Simplesmente aceite um elogio uma vez, porque é verdade.

Madison, na verdade, observou e se lembrou de um dos meus traços de personalidade. Isso era tão espantoso que eu falei: "Palavra", completando a trilha pessoal de frases-sem-sentido-que-impedirão-para-sempre-que-você-transe.

— Você disse "Palavra"?

— É, "palavra".

— Humm.

— Palavra, tipo, "eu concordo"?

Madison, astuta como é, conseguiu distorcer esta última coisa.

— Então você concorda! Em fazer um filme! Para a Rachel!

Que diabos eu podia dizer? A não ser que sim?

— Humm, pois é. É! Acho que é uma boa ideia.

— Greg — falou ela, com um sorriso imenso e adorável –, isso vai ser *incrível*.

— Talvez ele seja bom!

— Sei que você vai fazer uma coisa *maravilhosa*.

Então eu senti um conflito profundo aqui. Por um lado, em poucas palavras, a garota mais gostosa de todo o colégio estava me dizendo que eu era incrível e que eu faria um filme incrível.

E isso parecia muito bom e me fazia ficar parado de um jeito engraçado para esconder o pau meio duro. Por outro lado, porém, eu concordara com um projeto do qual duvidava seriamente. Na verdade, eu nem sabia com que estava concordando.

Por isso, falei:

– Humm.

Madison esperou que eu continuasse. O problema era que eu nem tinha certeza do que dizer.

– Mas tem uma coisa – falei.

– Hummm?

– O que, humm? Humm...

– O quê?

– É só que, humm...

Parecia não ter meio de perguntar sem parecer um idiota.

– Sobre o que você acha – falei, cauteloso – que o filme devia *ser*?

Agora Madison tinha uma expressão meio vazia no rosto.

– Você devia simplesmente fazer um filme – retrucou ela – que seja especificamente para ela.

– Pois é, mas, humm.

– Apenas faça o filme que você gostaria de ter se fosse a Rachel.

– Mas *sobre* o que deveria, humm, ser? Pense.

– Eu não sei! – falou Madison, animada.

– Tá.

– Greg, você é o diretor. O filme é seu!

– Eu sou o diretor – falei. Eu realmente estava começando a perder o foco. Ouvi o ronco distante de um tremendo surto se aproximando.

– Tenho que correr. Fico contente que você vá fazer isso! – exclamou ela.

– Éééé – falei, sem graça.

– Você é o melhor – retrucou ela, e me abraçou. Aí ela saiu correndo.

– Urgh – falei, quando ela ficou fora do alcance.

O peru que explodia tinha uma expressão na cara, que parecia dizer: "Merda! Estou explodindo *de novo*?"

Capítulo 28

RACHEL, O FILME:
O *BRAINSTORMING*

Earl tinha menos ideia do que eu de como fazer este projeto. No entanto, era muito melhor na articulação.

– Que *merda*. – Ele ficava resmungando enquanto eu tentava descrever o projeto para ele.

– Veja – falou ele por fim. – Você concordou em fazer um filme *para* alguém. Agora, que diabos *isso* significa?

– Humm, acho... significa... Humm.

– Pois é. Você não tem ideia do que diabos significa.

– Sinto que eu acho que sei.

– Bem, então bote pra fora, filho.

A gente estava na cozinha e ele remexia na comida, o que o deixou pelo menos com um humor neutro, se não de bom humor.

– Quer dizer, se fôssemos pintores, poderíamos simplesmente pintar um quadro de alguma coisa e dar para ela de presente. Certo? Então vamos simplesmente fazer uma versão cinematográfica disso.

– Onde diabos o papai Gaines guarda o molho?

– Acho que acabou. Sabe... e se a gente apenas fizer um filme único? E der a ela a única cópia? Isso serve, correto?

– Filho, isso não merece um ah, *que demais*.

– O quê?
– Que diabos é *isto*?
– Isso... deixa eu dar uma olhada.
– Isto cheira feito o pau peludo de um jumento.
– Ahhh. Isso é patê de fígado de ganso.
– Não tem molho. Vou comer *esta* merda.

Como já mencionei antes, Earl fica animado com a comida derivada de animais e ocasionalmente nojenta adquirida e refrigerada pelo dr. Victor Q. Gaines. Digo "adquirida e refrigerada" porque o papai nunca come imediatamente. Ele gosta que ela passe muito tempo na geladeira, para que o restante da família tenha a chance de se dar conta dela. É um hábito que Gretchen talvez odeie mais do que qualquer outra coisa. No entanto, o desgosto extremo de Gretchen é contrabalançado pela apreciação quase-tão-extrema de Earl. Ele manifesta sua apreciação falando sobre como a comida é nojenta enquanto a mastiga.

– Filho. A gente ainda não tem ideia do assunto do filme.
– Pois é, essa é a parte difícil.
– Pois é.
– Humm. Tipo, a gente podia fazer o filme do David Lynch que a gente ia fazer e simplesmente dar a Rachel, e esse seria o filme dela. Mas acho que a gente não quer fazer isso.
– Não?
– Caramba! Não. Isso seria uma porra-louquice. Seria, tipo: "Ei, Rachel, assiste esse filme porra-louca sobre lésbicas correndo por aí, alucinando e tal. Fizemos esse filme especialmente pra você."
– Humm.

— No começo, é tipo assim: "Para Rachel." É como se a gente dissesse: "Rachel, *você* adora o David Lynch. *Você* adora lésbicas porra-loucas surtando. Então aqui está um filme sobre essa coisa toda." Não. Isso não faz sentido. Mas que porra é *essa*?!

— Não, não. Não coma isso. É lula seca. É, tipo, a comida favorita do meu pai. Ele gosta de andar por aí com um pedaço disso saindo da boca.

— Vou pegar um pedacinho.

— Você pode dar uma provinha uma vez, mas é só isso.

— Humm.

— O que você acha?

— Cara, isso tem um gosto ridículo. Isso tem gosto tipo um... urinol... submarino.

— Humm.

— Tem gosto de golfinho e essas coisas.

— Então, você não gostou.

— Eu *não* disse isso.

— Ah.

— Pois é, é tipo 75% de escroto de golfinho e 25% de química.

— Então *você gosta*.

— É uma comida foda.

Eu tive que concordar com Earl: não dava pra fazer um filme qualquer. Tinha que ter, na pior das hipóteses, algum tipo de ligação com a vida da Rachel. Mas que ligação poderia ser? Ficamos sentados na cozinha e pensamos em um monte dessas ligações. Todas as ideias eram estúpidas.

Elas eram estúpidas mesmo. Vocês estão prestes a ver o tamanho da estupidez. Quer dizer, minha nossa.

— Você já acabou de comer isso?
— O quê?
— Você não devia ter acabado com isso, papai vai querer um pouco.
— Pro inferno que ele vai querer.
— Ele vai.
— É tão nojento. Filho, é *muito* nojento.
— Então por que você tá acabando com ele?
— Alguém tem que fazer.

Capítulo 29

RACHEL, O FILME: A VERSÃO HALLMARK

Eu sabia que nosso primeiro plano era um erro quando Jared "Cabeça de Crack" Krakievich se arrastou pelo corredor na minha direção e me chamou de "Spielberg".

– Comé que uncê tá, Spilbergui! – gritou ele, e sorriu de modo odioso.

– Como é que é? – falei.

– Disseram que uncê tá fazenu um *filmi novo*.

– Ah, sim.

– Eu num *sabia* que uncê fazia filmis.

– Apenas este – falei, provavelmente com pressa demais.

– Vou chamar uncê de Spilbergui a partir de agora.

– Ótimo.

Foi o primeiro tiro disparado num assustador alvo de atenção que continuaria assim durante todo o dia.

Sra. Green, física I: "Acho que o que você está fazendo é tão... *tocante* e... *admirável* e... simplesmente tocante."
Kiya Arnold: "Meu primo *morreu* de leucemia. Só queria dizer isso. Lamento muito pela sua namorada. Há quanto tempo vocês estão juntos?"
Will Carruthers: "Ei, viadão! Me deixa entrar no seu filme gay."

O plano A era: receber os votos de boa sorte de todo mundo na escola, na sinagoga etc. e botar num filme, e esse seria o filme. Basicamente um filme desejando que ela melhorasse. Simples, elegante, emocionante. Parece a ideia perfeita, não é? Claro que parece. Fomos totalmente seduzidos pela ideia. Éramos idiotas.

Primeiro Problema: Nós tínhamos que filmar tudo sozinhos, o que significava nos revelarmos cineastas a um mundo hostil. Originalmente, eu perguntei a Madison se ela filmaria, isto é, se *ela* ficaria numa sala de aula com uma câmera no meu lugar e do Earl. Isso me fez dizer que eu meio que não queria que as pessoas soubessem que eu estava fazendo um filme para a Rachel, o que a deixou inquieta. *Isso* me fez dizer que eu não queria que as pessoas soubessem do que eu *sentia* por Rachel, o que a deixou inquieta de um jeito diferente que, sinceramente, eu não entendi. De qualquer forma, ela insistiu para eu filmar e falou "Ah, Greg" umas setenta vezes, até eu surtar silenciosamente e sair correndo.

Então planejamos filmar na sala do sr. McCarthy depois das aulas e relutantemente contamos a alguns professores sobre isso, e, com velocidade perturbadora, todos os professores tinham descoberto a respeito disso e contaram aos alunos, e também fizeram anúncios matinais todos os dias durante uma semana.

Então, sim. Possivelmente era o golpe de misericórdia na invisibilidade que andara cultivando durante o colégio e que perdia gradativamente desde que me tornara amigo da Rachel. Eu costumava ser apenas o Greg Gaines normal. Depois, eu era o Greg Gaines, amigo e provável namorado da Rachel.

Isso era ruim o suficiente. Mas agora eu era Greg Gaines, o cineasta. Greg Gaines, o cara-com-a-câmera-seguindo-as-pessoas-por-aí. Greg Gaines, talvez-ele-esteja-filmando-você-de-modo-sinistro-neste-minuto-sem-que-você-saiba-ou-queira. Caralho.

Segundo Problema: A filmagem não ficou muito boa. Os professores todos falaram demais, pra começo de conversa. Nenhum deles falou algo que pudesse ser editado. Um monte deles começou a falar sobre as tragédias que tinham acontecido na vida *deles*, o que, além de não poder ser usado, tornou as coisas bem incômodas na sala após a gravação.

Quanto aos alunos, 92% diziam uma combinação das seguintes coisas:

- "Melhore."
- "Tenho que dizer que não conheço você muito bem."
- "Sei que a gente nunca se falou tanto assim."
- "Você está na minha sala de aula, mas a gente nunca conversou de verdade."
- "Na verdade, não sei nada sobre você."
- "Sei que você tem força interior para melhorar."
- "Você tem um sorriso bonito."
- "Você tem uma risada bonita."
- "Você tem olhos muito bonitos."
- "Acho que seu cabelo é bonito."
- "Sei que você é judia, mas gostaria apenas de citar algo da Bíblia."

E então os outros 8% tentaram ser engraçados ou criativos e isso foi ainda pior.

- "No oitavo tempo, escrevi uma música que quero cantar para você. Preparados? Posso cantá-la? OK. 'Rachel Kushner/Não force a barra/Ela tem leucemia/E provavelmente é cheia de marra/Mas é amiga de todo mundo!/Você sabe que sua vida não vai acabar!!!'"

- "Mesmo que você morra, eu estava pensando hoje, é realmente apenas na arbitrária escala humana que uma vida parece curta ou longa, ou coisa assim, e, tipo, da perspectiva do tempo eterno, a vida humana é diminutamente pequena, tipo, é realmente equivalente se você vive dezessete ou noventa e quatro ou até vinte mil anos, o que, é óbvio, é impossível, e aí, por outro lado, da perspectiva de um ultrananoinstante, que é a menor unidade de medida do tempo, uma vida humana é quase infinita, mesmo que você morra, tipo, quando for um bebê. Então, de um jeito ou de outro, não importa quanto tempo viva. Então não sei se isso deixa você melhor, mas é apenas uma coisa na qual pensar."
- "Greg é bicha. Acho que ele está apaixonado por você, então isso faz dele bissexual ou coisa assim. Espero que você esteja melhor."

Terceiro Problema: Madison já tinha feito cartões de melhoras para Rachel. Então a gente não estava fazendo nada de novo realmente. Era apenas um cartão de melhoras em vídeo.

Além disso (e isso demorou um pouco mais para a gente entender), não havia nada especificamente Gaines/Jackson no vídeo de melhoras. Era algo que qualquer um podia fazer. Então esse gesto era realmente grandioso? Não.

Nós fazíamos filmes há sete anos. Precisamos fazer uma coisa melhor.

Capítulo 30

RACHEL, O FILME: A VERSÃO KEN BURNS

Ken Burns fez um monte de documentários sobre coisas, tipo a Guerra Civil. Ele não esteve presente na Guerra Civil, assim como a gente realmente não esteve presente em grande parte da vida da Rachel. Quer dizer, a gente esteve, mas não prestava atenção. Isso parece horrível, mas você sabe o que quero dizer. Ou talvez isso seja apenas horrível. Não sei.

Sabe: a gente não tinha seguido a Rachel por aí com uma câmera durante toda a vida dela para ter uma filmagem para um eventual documentário. Vocês não podem ficar com raiva de mim por isso.

De qualquer forma, o estilo Ken Burns é mostrar um monte de fotos e filmes antigos feitos por outras pessoas, junto com narração, entrevistas e coisas assim. É um estilo muito fácil de copiar, então esse era o nosso chamado plano B depois do fracasso da ideia do vídeo de melhoras. Infelizmente, havia apenas uma pessoa para entrevistar: Denise. E Denise estava passando por um momento difícil. A filha única tinha câncer e o pai de Rachel (provavelmente eu me esqueci de mencionar isso antes) se afastara da família.

Entrevistar esta mulher foi um pesadelo total.

INT. SALA DE ESTAR DOS KUSHNER - DIA

>   GREG
>   *em off*
> Então, Denise, você pode contar um pouco como foi o nascimento da Rachel?
>
>   DENISE
>   *distraída*
> Ah, o nascimento da Rachel.
>
>   GREG
>   *em off*
> Isso.
>
>   DENISE
> O nascimento da Rachel. Que horror.
>   *em voz inexplicavelmente alta*
> Ela nunca foi uma lutadora. Sempre foi uma garota quieta, muito doce, que nunca queria lutar, e agora eu não sei o que fazer. Não consigo fazê-la lutar, Greg.
>
>   GREG
>   *em off*
> Humm, está bem.
>
>   DENISE
> Eu criei uma garota que é doce e... e adorável, mas não é durona.

                        GREG
            em off
    Então, como é que ela era quando bebê? Ela tinha um
    brinquedinho favorito?

                        DENISE
            distraída
    Ela costumava ler... livros.
            uma pausa incômoda
    Greg, eu sou uma boa mãe. Mas não sei como ajudá-la com
    isso. É como se, que Deus me perdoe, ela não quisesse
    mais viver.

                        GREG
            em off
    Então, quando ela era um bebê, gostava de... ler livros.

                        DENISE
            com firmeza, meio como um robô
    Sou uma boa mãe. Tenho sido uma boa mãe para ela.

Fizemos uma tentativa de entrevistar os avós da Rachel por telefone, mas provavelmente foi um fracasso ainda mais deprimente.
— Alô?
— Olá, sr. Lubov... é o Greg, um amigo da Rachel.
— Quem?
— Um amigo da sua neta, Rachel!
— Amigo *de quem*?
— Sua neta. Rachel.
— Um minutinho. (Janice. É pra você. *Eu disse que é pra você*. O *telefonema*. Não, eu não sei onde está. É o *telefonema*, Janice.)

– ...
– Quem é?
– Oi, meu nome é Greg. Sou amigo da sua neta, Rachel.
– A Rachel mora... a Rachel mora com a mãe.
– Eu sei... estou fazendo um documentário. Sobre a Rachel.
– Você está fazendo um... ah.
– Eu queria saber se poderia lhe fazer umas perguntas?
– O quê?
– Posso lhe fazer umas perguntas sobre Rachel?
– Pergunte à mãe dela. Denise.
– É para um filme, para deixá-la feliz.
– Não sei quem você é e não sei como ajudar. Mas se você está procurando a Rachel, ela mora com a mãe, Denise.
– Humm... OK, obrigado.

Desligo porque pareceu que a avó da Rachel estava prestes a chorar. Mas algumas vezes as avós apenas parecem que vão. De um modo ou de outro: é uma agonia.

Não havia muita filmagem pra gente usar também. Havia o vídeo de umas férias que Denise deixou a gente ver, mas a gente hesitou muito em usar.

EXT. PRAIA, ILHA DO PRÍNCIPE EDUARDO - DIA

O céu é cinzento. A areia está escura como se tivesse acabado de chover. Parece que vai chover de novo. RACHEL está sentada, largada, numa toalha, sem fazer coisa alguma, fitando o mar.

                    DENISE
          em off
    Oi, docinho!

Rachel se vira, olha a câmera e não diz coisa alguma.
O rosto dela não tem expressão.

                    DENISE
        em off
Aqui estamos na bela Ilha do Príncipe Eduardo. Tem a pequena Rachel e tem o Bill.

PANORÂMICA até BILL, perto de um guarda-sol. Ele está numa cadeira de praia com DOIS SUPORTES DE CERVEJA, ambos com cerveja.

                    BILL
        em voz muito alta
Estamos nos DIVERTINDO MUITO.

                    DENISE
        em off, fingindo alegria
Bill está um pouquinho mal-humorado por causa do tempo!

                    BILL
Denise, você pode simplesmente desligar essa coisa?

                    DENISE
        em off
Você pode, ao menos, tentar se divertir?

                    BILL
O que é que PARECE QUE EU ESTOU FAZENDO?

Vamos colocar as coisas assim: se eu fosse a Rachel, deitada na cama e me sentindo um horror, isso não pareceria a lista de Cenas que Eu Ia Querer Assistir num Filme.

E, na verdade, *tudo* que juntamos, graças ao método Ken Burns, fracassou no teste. Em essência, estávamos tentando montar a biografia de uma garota que não tinha vivido muito tempo e realmente não tinha tido uma vida tão interessante assim. Sei que parece horrível, mas é a verdade. Nada disso era interessante de se ver. E um monte de coisas era meio dolorosa.

E então, no todo, a ideia do documentário-sobre-a-vida-de-Rachel era *realmente* dolorosa, porque a gente nunca falou em voz alta: "Agora que a sua vida está acabando, podemos resumi-la. Então aqui está o resumo de toda a sua vida." Talvez não haja nada pior que a gente pudesse ter dito.

Por isso precisávamos de um novo método. E tinha que ser muito melhor. Caso contrário, a gente ia se matar.

Enquanto isso, as coisas estavam melando entre mim e Rachel. Quer dizer, costumava ser apenas mais do mesmo.

INT. QUARTO DO HOSPITAL - NOITE

GREG

Então eu estava pensando hoje: morango é meu sabor favorito de bala. Mas eu não gosto tanto assim dos morangos. E então eu percebi que balas com sabor de morango não têm mesmo gosto de morango. Então, do que é que elas têm gosto? Têm que ter gosto de *alguma coisa*, certo? Será que tem uma fruta misteriosa e deliciosa lá fora que eu não conheço? Quero comer essa fruta, sabe? Quero comer de verdade.

Ou então eu estava pensando: será que um *animal* pode ter um gosto desse? Será que se você comesse uma morsa, teria esse gosto incrível, mas os caras que fazem chicletes têm medo de dizer chicletes com sabor de morsa.

      RACHEL
   com voz fraca
Pois é.

      GREG
Ei, a almofada é nova? Acho que tem uma almofada nova ali. Ei...
   murmurando
Você se importaria em me apresentar a ela? Porque ela é bem bonita. Você não tem que fazer isso, se for constrangedor.

      RACHEL
   provavelmente tentando rir
Hãhãhã

      GREG
   entrando em pânico
Puta merda, eu esqueci. Que horas são? Já são mais de cinco horas? Eu tenho que fazer a dança do Pigeon Man. Me desculpe, é parte do meu novo programa de exercícios.
   envesgando, balançando a cabeça, batendo os braços
PIGEON MAN. PIGEON MAN. ANDA FEITO UM POMBO. PIGEON MAN. DEFECA NA SUA CABEÇA, *LÁ DO CÉU*. PIGEON MAN NÃO POUPA NINGUÉM.

                    RACHEL
Greg, você não tem que... tentar me fazer rir.

                    GREG
O quê?

                    RACHEL
Você não tem que encenar... um espetáculo.

                    GREG
            se sentindo um merda
OK.

Capítulo 31

RACHEL, O FILME: A VERSÃO COM FANTOCHES DE MEIA

O plano C era fantoches de meia.

Em primeiro lugar, deixe-me dizer apenas que fantoches de meia podem ser muito mais emocionais e expressivos do que se costuma acreditar. Há um monte de meios diferentes de pôr a sua mão numa meia e fazer com que pareça um rosto. Além disso, se você desenhar sobrancelhas acima dos olhos, isso humaniza de verdade. Você tem que saber o que está fazendo com a boca, mas se souber, pode fazer a mágica acontecer.

Tudo isso dito, o plano C era um filme sobre câncer estrelado por fantoches de meia. Então, desde o princípio, já estava destinado ao fracasso.

Assim que decidimos tentar com os fantoches de meia, nosso principal problema era o enredo. Se Rachel era a estrela, o que é que ela fazia? De quem era a bunda que ela chutava? Será que ela ia dar um pé na bunda da leucemia?

```
INT. PAISAGEM DE PAPELÃO EM CORES FORTES - DIA

                    RACHEL
     La, la, ra, la, la, la
```

                    LUKE
        com capa e bigode, falando com sotaque do sul
Olá!

                    RACHEL
        desconfiada
Humm. Quem é você?

                    LUKE
Hã... meu nome é Luke.

                    RACHEL
Qual é o seu nome *todo*?

                    LUKE
Luke Mmphlmph.

                    RACHEL
Não consigo *ouvir você*.

                    LUKE
Luke Emia.

                    RACHEL
SILÊNCIO DE CONSTRANGIMENTO.

Como é que isso nos fazia melhor que Justin Howell, o garoto do teatro que escreveu a música sobre como a leucemia fez Rachel ficar "cheia de marra"? A gente não tinha certeza.

INT. PAISAGEM DE PAPELÃO EM CORES FORTES - DIA

>LUKE EMIA
>*virando-se para a câmera*
>E aí, este é um anúncio do serviço público. Eu sou Luke Emia, ou leucemia. Gosto de pegar crianças e adolescentes, porque sou extremamente patético. Eis uma lista de coisas que odeio:
>
>- Comida gostosa, tipo pizza
>- Filhotinhos adoráveis de pandas
>- Se você estiver prestes a encher uma piscina olímpica com bolas de borracha cheirosas, e se for divertido brincar ali dentro, eu também odeio isso.
>
>Pouca gente sabe disso, mas a minha coisa favorita no mundo são os comerciais de carro, de baixo orçamento, com trilha sonora com guitarras genéricas, AARRGGHH

RACHEL, segurando um taco de beisebol próximo da boca, bate em LUKE enquanto cantarola.

Era simplesmente muito infantil e simplista. Não tinha nada a ver com nada. Parecia programa de televisão para bebês ou, pior ainda, era uma grande mentira idiota. Rachel não estava enfrentando a leucemia. Ela não estava interessada em lutar. Parecia que estava desistindo.

Capítulo 32

RACHEL, O FILME: A VERSÃO WALLACE & GROMIT

O plano D era uma animação em *stop-motion*. Nesse tipo de animação, você filma um quadro, move os personagens levemente e talvez também a câmera, filma outro quadro, move as coisas de novo etc. É meticuloso e lento. O lado bom é que permite que você use o LEGO do Darth Vader.

Nós queríamos que a Rachel visse um monte de pessoas más contando o quanto adoravam a leucemia para que ficasse irritada com elas e tivesse inspiração para enfrentá-la. Isso causou uma filmagem horrível.

```
INT. ESTRELA DA MORTE DE LEGO - NOITE, E SEMPRE É ASSIM NO
ESPAÇO

Música de elevador. Os Stormtroopers de LEGO estão peram-
bulando ao fundo.
```

DARTH VADER
cantando para si mesmo

La, la, la. Eu sou um babaca. Doo, doo, doo, doo. Grande, grande babaca.

olhando para a câmera
Ah! Olá! Não vi vocês aí. Meu nome é Darth Vader e sou o presidente dos Vilões Malvados em Prol da Leucemia, isto é, VMPL.

E aparece no canto inferior esquerdo:
Vilões
Malvados em
Prol da
Leucemia

               DARTH VADER
Nós apenas achamos que a leucemia é o máximo. Mas não precisa acreditar em mim! Temos aqui o testemunho de uns piratas irritantes!

EXT. NAVIO PIRATA DE LEGO - DIA

               REI PIRATA
Arrr! Foi um dia sem igual, cruzando a estibordo até a barba podre e cheia de vermes do próprio Davy Jones!!! Até o horizonte Bill Tapa-olho não percebe as terríveis ventosas do poderoso Kraken - no meio do navio, recuem todos os canhões e esfreguem o convés, seus ratos sujos e sem mãe. Seus PORCOS!!!

INT. ESTRELA DA MORTE - NOITE

               DARTH VADER
Humm... claro.

INT. MESA DO GREG - DIA

> FIGURA PLÁSTICA DE SERPENTOR
> *com o jeito de falar de uma cobra*
> Eu sou Serpentor, o Imperador das Serpentes, do Comando Cobra do Mal! A leucemia é a minha doença favorita no *mundo*! E como eu amo demais a leucemia, vou me encontrar com a Baronesa Anastasia DeCobray! Você sabe que ela é má porque seu sobrenome tem a palavra "Cobra"!

> BARONESA
> Adoro me encontrar com Serpentor, o nojentinho! Porque sou nojenta pra caramba!

> SERPENTOR
> Vamos nos beijar de novo?

> BARONESA
> Minha maldita boca não vai se abrir de novo.

> SERPENTOR
> Nem a minha.

> BARONESA
> Uma ova que vamos fazer isso agora.

INT. ESTRELA DA MORTE - NOITE

> DARTH VADER
> Com certeza, amamos a leucemia! Você ainda não acredita nisso? Por que não pergunta ao peso de papel de tarântula?

```
INT. MESA DO GREG - DIA

O peso de papel de tarântula é uma tarântula presa num
vidro. Ela gira em torno de si mesma com o stop-motion.

           PESO DE PAPEL DE TARÂNTULA
          por alguma razão, com sotaque alemão
      Nada me faz mais feliz do que a leucemia.
```

Minha nossa.

Então esse era o plano D. Talvez fosse bom. Não sei. Duvido. O que eu sei é que levou uma eternidade para ser feito, e poucos dias antes do feriado de Ação de Graças Rachel e Denise concluíram que estavam de saco cheio da quimioterapia, de ficar no hospital e do tratamento. Decidiram que iam deixar as coisas tomarem o próprio rumo.

A essa altura, eu não sabia mesmo o que fazer.

Capítulo 33

MEU DEUS, O QUE É QUE VOU FAZER

Então, a Rachel voltou para o quarto dela. Óbvio que as coisas estavam diferentes. Na verdade, ela estava de ótimo humor nos primeiros dias. Ela voltou numa sexta-feira. Era fim de novembro, mas ainda não estava muito frio.

– Eles pararam de me encher de remédios – explicou ela.
– Então acabou?
– Apenas parecem não fazer bem para mim.

Em silêncio contemplamos esta frase mórbida. Por alguma razão, falei: "Certamente não no quesito cabelo." Eu estava tentando tornar as coisas menos deprimentes, o que, sem dúvida, teve o efeito de tornar as coisas *mais* deprimentes. Mas Rachel, na verdade, riu. Era meio que um riso diferente, como se ela tivesse que refazer o formato da boca para rir, porque no formato antigo doía muito. Eu fiz um trabalho surpreendentemente bom ao não pensar nisso.

Pouco depois, eu simplesmente estava falando demais e não me esforçava para fazê-la rir e parecia muito com a situação de antes de ela ir para o hospital e ficar deprimida. A gente apenas se esticava no quarto dela meio escuro, cheio-de-pôsteres-e-de-almofadas e eu ficava muito tempo falando sobre a minha vida e ela apenas escutava ou absorvia aquilo tudo e parecia que tínhamos voltado ao normal. Era possível esquecer que ela tinha decidido morrer.

Por falar nisso, quando alguém interrompe o tratamento do câncer e você diz que a pessoa decidiu morrer, todo mundo briga com você. Minha mãe, por exemplo. Nem quero falar muito sobre isso.

Mas é assim.
– Então a Gretchen simplesmente está agindo feito doida.
– Ah, é?
– É. As garotas nessa idade são terríveis. Só um monte de gritos e bateção dos pés. Algumas nem falam coisas com sentido. Você era assim? Com 14 anos?
– Às vezes, eu brigava com a mamãe.
– Gretchen se irrita até com o *Cat Stevens*. Ela fica fazendo carinho nele, aí ele fica atacado e morde, coisa que ele fez a vida toda, e então, do nada, ela fala: "Ai, meu Deus, *eu odeio esse estúpido Cat Stevens.*" E diz que ele parece uma grande lesma de jardim. Coisa que ele parece, mas é isso que é incrível nele.
– O fato de parecer uma lesma?
– É, ele tem essa cor de lesma listrada e feia. É tipo o maior campeão do mundo das lesmas.

Acho que, na verdade, não era possível esquecer *completamente* que ela estava decidida a morrer. Porque durante todo o tempo em que conversávamos isso ficava no fundo da minha mente e me estressava um pouquinho: a ideia de que Rachel estava muito perto do fim da vida. Não, não que me estressasse, apenas pesava sobre mim e me fazia ficar meio sem fôlego.

Um dia, Rachel perguntou:
– Como é que vai o seu último filme?
– Ah, o último! Pois é. Vai muito bem.
– Estou bastante animada para ver.

Alguma coisa no modo como ela falou me fez perceber que ela sabia sobre ele. Quer dizer, foi estupidez achar que ela não ia descobrir.

– Pois é, humm... Ei. Você provavelmente deveria saber. Tipo, ele é meio sobre você e, hum, pois é.

– ...

Eu estava tentando ficar tranquilo a respeito disso.

– Ah, você já sabia disso?

– Sim, algumas pessoas me contaram.

– Ah, tipo quem? – Eu perguntava em voz meio alta e aguda. Na verdade, parecia um pouco a Denise Kushner nesse momento.

– Não sei. Madison me falou. Minha mãe meio que mencionou. Anna, Naomi. O Earl. Algumas pessoas.

– Ah – falei. – Humm. Isso me lembra que tenho que falar com o Earl sobre uma coisa.

– OK – retrucou ela.

Capítulo 34

CLUBE DA LUTA, SÓ QUE MAIS LERDO

Earl e eu nunca brigamos. Em grande parte, isso aconteceu porque eu era um covarde e, em parte, porque nós tínhamos uma relação de trabalho muito boa, com papéis definidos. A questão é: eu nunca tinha ficado com raiva dele e, além disso, morro de medo de conflitos. Especialmente, com Earl, por causa do chute na cabeça que ele sabe dar.

Mas eu estava zangado com o fato de ele ter contado a Rachel. Por isso fui até a casa de Earl para gritar com ele.

Até escrever sobre isso me pinica a pele.

O tempo todo do trajeto eu meio que murmurava para mim mesmo. Especificamente, eu ensaiava o que ia dizer.

– Earl – murmurei para mim mesmo –, a base de qualquer boa relação de trabalho é a confiança. E não posso mais confiar em você de modo algum. Ao contar a Rachel sobre o filme (que era para ser uma surpresa), você traiu a minha confiança.

Eu avançava pelas ruas da parte não-tão-boa perto da casa de Earl, em Homewood, movendo meus lábios, fazendo ruídos semicoerentes, caminhando mais rápido do que é gracioso para uma pessoa com sobrepeso caminhar, e expelindo um litro de suor humano.

– Não sei se posso trabalhar com você de novo. Você vai ter que merecer a minha confiança de volta, se quiser trabalhar comigo. E eu nem sei como você ia fazer isso.

Eu estava no quarteirão dele e a visão da casa estranha e decrépita aumentou a minha frequência cardíaca ainda mais do que ela já aumentara.

– Vai precisar me convencer de que posso confiar em você.
– Essa foi outra coisa sem sentido que eu falei.

Caminhei pela entrada onde eu havia quebrado o braço e fiquei parado ali, sem resmungar. Por alguma razão, eu estava apavorado de tocar a campainha. Em vez disso, mandei uma mensagem de texto:

"oi estou na frente da sua casa"

Mas antes que Earl aparecesse, Maxwell caminhou na direção da varanda.

– Foda-se – falou ele, embora meio casualmente e sem um tom de ameaça.

– Só estou esperando o Earl – falei, num tom novo de voz de judia-de-meia-idade.

Earl apareceu na porta.

– E aí – falou.
– Ei – falei.

Ficamos meio em silêncio.

– Você vai entrar?
– Não, estou bem. – Eu me ouvi dizendo. Tinha rejeitado um convite normal para entrar na casa dele. Isso deixava bem claro que estávamos perto de uma discussão.

– O-*ho*! – urrou Maxwell.

Earl passou de puto, como era seu modelo de fábrica, para megaputo.

– Qual é a merda do seu problema? – cuspiu ele.

– Humm, eu estava conversando com a Rachel, e ela me falou que você contou para ela sobre o, humm, filme.

Tudo que Earl respondeu foi "É". Talvez estivesse apenas fingindo que não sabia que era uma coisa importante. Talvez estivesse tão puto que nem mesmo registrava isso.

– É apenas que – falei, balbuciando –, sabe, quer dizer, você contou a Rachel sobre os filmes, pra começo de conversa, e então levou para ela sem me pedir, e é assim, você conta para ela qualquer coisa, tipo, nem importa o que eu quero, nem estou dizendo que ela não devia, que não devia saber ou assistir aos filmes, estou apenas dizendo: queria que você tivesse me *perguntado* primeiro, queria...

– Sabe de uma coisa? Estou cansado disso. Você tem que largar essa merda, cara. Porque falta pouco pra eu perder minha cabeça com isso.

Brevemente considerei fazer um sermão para Earl sobre a confiança. Concluí, porém, com muita rapidez, que isso não ia funcionar e também poderia despertar o apocalipse. Além disso, estava ficando cada vez mais difícil dizer alguma coisa. Em vez disso, fiquei parado ali e... não tem jeito bom de dizer isso... tentei não chorar.

– Não, não, cala essa boca. Você não se importa porra nenhuma com o que as outras pessoas pensam, você tem que ser essa bosta de cara discreto, tem que sair por aí chupando o pau de todo mundo, fingindo que são amigos porque se importa muito com o que eles pensam; deixa eu dizer uma coisa: *Tá todo mundo pouco se lixando pra você*. Ninguém liga pra você. Você não tem *amigos*. Não *tem* ninguém que ligue pra você.

– OK, OK.

— A porra de *ninguém*. Todo mundo na escola poderia até *ligar* pra você, cara. Aquela gente toda com quem você é amigável e essa *porra* toda poderia ligar um pouco pra você. Você fica todo preocupado com o que pensam sobre você, cara, eles não tão *nem aí*. Não tão nem aí se você tá *vivo* ou *morto*, seu viadinho. Eles não ligam *porra* nenhuma. Olhe para mim. Eles. Não. Ligam. *Porra* nenhuma.
— OK, ei. Minha... nossa.
— Cara, só cala a boca, porque não posso ouvir mais isso. Pois é, eu contei da porra do filme pra Rachel, eu dei a porra dos filmes para ela ver, porque ela é tipo a única pessoa que se *importa* com essa porra. Pois é. Ela não tem peitões, então você não liga, mas aquela outra vaca não liga a mínima pra você e, e a porra da Rachel *liga*, e você não tá nem aí porque é um viadinho burro.
— Eu li-ligo.
— Para com essa porra de choro, seu viado.
— OK, OK.
— Caramba, para de *chorar*.
— OK.

Eu mencionei que Maxwell estava lá para ver isso? Ele estava se divertindo. Tenho certeza de que a presença dele estava deixando Earl mais maluco e agressivo do que ele teria sido normalmente.

— Agora, vai saindo daqui, porra. Estou cansado de olhar pro seu traseiro de viado. Chorando e essa porra toda.
Eu não falei uma única palavra, nem me movi. Isso fez com que Earl apontasse o dedo na minha cara.
— *Caralho*, estou enjoado e cansado, porra, de ver você tratar essa garota como se ela fosse algum tipo de, um tipo de

fardo, mas ela é o mais próximo que você *tem* da porra de um amigo, e ela está prestes a morrer, pra completar. Você sabe disso, não é? Seu porra de burro. Ela está em casa agora porque está *prestes a morrer*. Aquela garota está deitada no maldito *leito de morte* e você vem até a *minha casa* todo gemendo e chorando e essa porra toda sobre alguma merda irrelevante. Eu *queria*... chutar a sua bunda. Está ouvindo? Eu *queria*... bater em você neste minuto.

– Fica à vontade.
– Você quer que eu bata?
– Eu não li-ligo.
– Filho da puta, você *quer* que eu bata?

Eu estava no meio da resposta sarcástica, mas também chorosa: "Pois é, Earl, eu quero que você me bata, porra" quando ele me deu um soco no estômago.

Então. Lá estava eu, pela segunda vez em um mês, deitado no pátio da frente dos Jackson, dobrado por causa da dor, com um garoto furioso e minúsculo em pé acima de mim. Mas desta vez, pelo menos, não era um garoto com palavras radicais tatuadas no pescoço. Ele também não estava batendo no meu rosto em sequência, enquanto eu tentava reaprender a respirar.

Em vez disso, ele murmurava coisas como: "Cara, levanta" e "Eu ainda nem bati de verdade".

Maxwell se intrometeu algumas vezes com "Isso! Bate nele de novo!" e "ACABA COM ESSA PORRA DE TRASEIRO!". Mas seu coração não estava realmente naquilo. Acho que ele ficou decepcionado que nossa luta fosse tão lerda. Para ser justo com a gente, a ideia de que teríamos uma luta interessante é absurda. Era como esperar uma boa briga entre um carcaju e, sei lá, um animal feito de marshmallow.

Finalmente, Maxwell entrou e ficamos apenas nós dois lá fora, e se Earl ainda estava zangado, não parecia ser comigo.

– Caramba, você, seu viado. Basta levar um soco na pança e já age como se estivesse morrendo. Caramba.
– Urgh.
– Lá vai você. Vai embora, filho.
– Minha nossa.
– Anda, vamos, pra sua casa. Vai trabalhar.
– Humm, merda.
– Muito bem. Anda. Eu vou ajudar você.

Capítulo 35

FIM DE LINHA

Para o plano E, nós nem usamos a câmera do meu pai. Usamos a câmera de baixa qualidade do meu laptop. E nos inspiramos no YouTube. Que Deus nos ajude.

Do mesmo jeito que os chorões entediantes do mundo todo, a gente concluiu que a melhor maneira de nos expressarmos era olhar para a câmera e falar. Sem roteiro, sem movimentos de câmera, sem iluminação especial. Decidimos tirar todos os efeitos e ver o que restava.

Será que era uma ideia terrível? Aguarde um instante, por favor, que vou encaminhar sua pergunta ao presidente da Yestônia.

```
INT. QUARTO DO GREG - DIA

                        GREG
    Então. Rachel.

                        EARL
    E aí, Rachel.
```

                    GREG
Nós tentamos, humm, um montão de meios diferentes de
fazer um filme para você e, humm, nenhum deles saiu
realmente do jeito que a gente queria.

Se você não tem roteiro para os diálogos, vai fazer pausa e dizer "humm" pelo menos um bilhão de vezes. Então, pra começo de conversa, você fala como se tivesse sofrido um ferimento semigrave na cabeça.

                    EARL
Tentamos fazer alguma coisa com fantoches de meia, e
não pareceu muito relevante para a sua, humm, situação.

                    GREG
Humm, pedimos a todo mundo na escola que mandasse votos de melhoras para a câmera, mas, humm, você já tinha um monte de cartões de melhoras e nós, é, queríamos
fazer algo mais, humm, pessoal que isso.

                    EARL
Tentamos fazer um documentário sobre você. É.

                    GREG
Humm.

                    EARL
Faltava material com o qual, humm, trabalhar.

                    GREG
Tentamos, é, uma animação, *stop-motion* complicada,
para animar você sobre vencer o câncer, mas, bom... No

fim das contas era ridícula e, humm, não era o que a gente queria.

EARL
Então agora a gente, humm, está tentando isso.

AMBOS
(gaguejando)

GREG
Sua vez.

EARL
Não. Sua vez.

GREG
Sua vez.

EARL
lentamente e de modo meio doloroso
Humm... Muito bem. Provavelmente você não compreende o quanto eu sou grato por ter conhecido você. Em primeiro lugar, porque as chances disso acontecer, em circunstâncias normais, seriam muito baixas; pra falar com toda a sinceridade, a gente, você e eu, não transita pelos mesmos círculos. Então, é como se fosse... uma bênção, ter tido você na minha vida nas últimas semanas.

Eu admiro um monte de coisas em você. Admiro o quanto é inteligente, perceptiva e observadora. Mas, humm... O que realmente me impressiona é a sua, humm, não sei

como dizer isso. Acho que é a sua *paciência*. Se fosse eu, ficaria com raiva, infeliz e... e *magoado*... e eu ia ser um estorvo perto das pessoas. E você tem sido tão forte o tempo todo, e tão *paciente*, mesmo quando as coisas não vão bem, e eu fico espantado com isso. E você fez com que eu me sentisse, humm, abençoado.
 terminando com voz rouca
Então, humm, pois é.

Como diabos eu ia conseguir acompanhar aquilo?

O problema básico era que Earl falou com sinceridade tudo que disse, e eu não ia conseguir dizer a mesma coisa sem mentir. Porque Earl é uma pessoa melhor do que eu. Não quero parecer um babaca melodramático, mas essa é a verdade. Eu tinha certeza de que não ia conseguir dizer *coisa alguma* sensível, reconfortante e emocionante sem que fosse mentira.

    EARL
 com a voz entalada e meio irritado
Sua vez.

Será que Rachel era uma inspiração para mim? Será que eu achava que ela era inteligente, perceptiva, paciente e todo o restante? Não. Lamento. Sabe, eu me sinto terrível. Queria que o fato de conhecê-la tivesse sido esse lance grandioso e inspirador, e que tivesse melhorado a minha vida. Queria mesmo. Sei que é isso que costuma acontecer. Mas *não aconteceu*.

    EARL
Cara. É a *sua vez*.

Então, o que é que eu devia dizer?

>   EARL
> *dando um soco no braço de Greg*
> Sua *vez*, seu babaca.
>
>   GREG
> Tá certo. Tá certo, tá certo. Humm. A razão principal pela qual fizemos este vídeo é, bom... A gente quer que você melhore. E, sabe. A questão é: eu *sei* que você pode melhorar. Sei que você é forte o suficiente e... Pois é. Eu simplesmente queria dizer isso pra você. É. Eu boto fé em você.
> *talvez falando um pouco demais agora*
> E por isso, bom, eu percebo agora, por isso a gente queria fazer um filme. Para dizer que nós botamos fé em você.
> *levando a mentira às últimas consequências nesse ponto*
> E por isso a gente, bom, a gente fez o filme.

Passei um fim de semana inteiro me ouvindo dizer "a gente bota fé em você" e querendo me socar na cara. Porque era uma mentira tão óbvia. Se nós realmente botávamos fé em Rachel, não íamos correr para fazer o filme antes que ela morresse. Além disso, quer dizer, por que diabos a gente ia botar fé nela? Nem ela botava fé em si mesma. E me disse sem rodeios que achava que ia morrer. Estava interrompendo o tratamento e ia para casa esperar o inevitável. Quem éramos nós pra questionar isso?

Ao mesmo tempo, não havia realmente outra coisa a dizer.

Minha mãe entrou na sala do computador no fim da noite de domingo.
– Querido?
– Ah, oi.
– Ainda trabalhando no filme para a Rachel?
– É.
– Como é que está indo?
– Indo bem.
– Ah, querido. Schh.
– Tudo bem.
– Schh.
– Urgh.
– É difícil perder uma amiga.
– Na, na, não é isso.
– É difícil, querido.
– Não é não, é isso.
– Schh.

Capítulo 36

RACHEL, O FILME

Rachel, o filme (dir. G. Gaines e E. Jackson, 2011). Este filme, uma homenagem livre à vítima de leucemia Rachel Kushner, talvez seja mais conhecido por sua confusa mistura de estilos, incorporando documentário, confissões, animação *stop-motion* e fantoches no que só pode ser considerado uma tremenda bagunça. Na verdade, os diretores Gaines e Jackson começam o filme com um pedido de desculpas granulado, "pixelado", à própria Rachel e admitem que o filme está mal organizado e basicamente incoerente. Depois disso vem uma colagem de desenhos de melhoras constrangidos dos colegas e dos professores do colégio, fantoches de meia batendo uns nos outros, personagens de LEGO com sotaques incompreensíveis, fotos mal escaneadas da infância de Kushner e outros absurdos com relevância extremamente limitada para o assunto em questão. A conclusão chorosa, melodramática, trazendo mais uma vez os diretores, sinceramente não dá pra assistir. No entanto, é um final adequado para o que é certamente o pior filme já feito. ★

Da última vez que falei com Rachel, ela tinha visto *Rachel, o filme* algumas vezes e eu não tinha certeza de como falar com ela sobre o filme. Estava deitada na cama, mas não usava o chapéu. Tinha a mesma voz de sempre: meio rouca e com o nariz entupido. Me ocorreu, pela primeira vez, que talvez eu também tivesse um pouco aquela voz.

– Oi – falei.

– Oi – falou ela.

Por alguma razão eu queria dar um soquinho nela, mas não dei.

– Eu vi *Rachel, o filme* – falou ela.

– Humm.

– Eu gostei.

– Você sabe que não tem realmente que dizer isso.

– Não, eu gostei de verdade.

– Humm, se você tem certeza.

– Quer dizer, provavelmente não é o meu *favorito*.

Por alguma razão foi um alívio imenso ver que ela era sincera em relação a isso. Não sei por que foi um alívio. Acho que talvez eu tenha um problema onde as emoções, frequentemente, têm mau funcionamento, e em grande parte do tempo você fica sentado lá, sentindo alguma coisa imprópria. Deveria ser chamada Desordem Emocional do Idiota.

– Pois é, se fosse o seu favorito, isso significaria que você tinha um gosto meio questionável, porque não é realmente bom.

– É bom, só que não é tão bom quanto alguns dos outros.

– Não, sério. Não sei o que aconteceu. Foi um trabalho louco e difícil, e então, eu não sei. Nós simplesmente não conseguimos fazer.

– Vocês dois foram bem.

– Não, *não fomos*.

Eu queria explicar a ela por que as coisas tinham saído terrivelmente erradas, mas obviamente eu não *sabia* por quê. Quer dizer, Earl e eu não somos diretores experientes, mas a essa al-

tura das nossas carreiras a gente deveria criar algo melhor que o caos doentio de depressivo que é *Rachel, o filme*.
— Você é engraçado — falou ela. E tinha um sorriso maior no rosto do que eu já vira por algum tempo.
— O quê?
— Você é tão duro consigo mesmo. É engraçado.
— Sou duro comigo mesmo porque sou um bunda-mole.
— Não, você não é.
— Não. Você não faz ideia.

Talvez eu não soubesse explicar como nós tínhamos feito o Pior Filme de Todo o Mundo. Mas eu *sabia* falar sobre lixo. Estou começando a entender que é o meu tema favorito.
— Não, você tem que viver dentro da minha mente. Para cada coisa absurdamente estúpida que eu faço ou digo há umas cinquenta ainda piores que eu mal havia dito ou feito, por pura sorte.
— Greg.
— Falo sério.
— Estou contente porque nós somos amigos de novo.
— Ah, é? Quer dizer, pois é. Quer dizer, eu também.

E então ficamos sentados e não dissemos nada por um tempo. Provavelmente você esperaria que eu ficasse sentado ali, transbordando de amor e delicadeza. Talvez você devesse pensar em trocar de livro. Talvez até pegar um manual da geladeira, ou coisa assim, pra ler. Isso seria mais carinhoso.

Porque eu me sentia, sobretudo, ressentido e irritado. Estava ressentido por Rachel ter decidido morrer. Até que ponto isso soava como uma coisa estúpida? Havia uma chance decente de que eu nem fosse um ser humano. De qualquer forma, pois é, eu estava puto por me sentir manipulado para fingir em *Rachel, o filme*. Eu tinha olhado na câmera e dito: "Eu *sei* que você pode melhorar" e "Eu boto fé em você". Dava até para ver, nos meus olhos estúpidos, que eu não acreditava no que estava dizendo. Não havia meio de editar isso para fazer parecer de qualquer outra forma. E obviamente sou um bunda-mole colossal, mas também *foi* Rachel quem me pôs nessa posição estúpida, ao abrir mão da vida inteira e deixar qualquer um fingir que isso não estava acontecendo.

Talvez Rachel sentisse que eu estava pensando no filme, porque ela voltou a mencionar isso:
– Foi realmente muita bondade sua fazer o filme.
– Ora, era uma merda, mas nós tínhamos que fazer. Não há uma boa razão para que ele não seja importante.
– Vocês não tinham que fazer isso!
Rachel estava com os olhos meio arregalados.
– É, a gente tinha.
– Não.
– Você é literalmente nossa única fã. A gente tinha que fazer alguma coisa para você.
– Ora, pra falar a verdade, tem uma coisa que eu quero que você faça por mim.
Isso foi tão inesperado que eu não consegui fazer piada.
– Mas nós já fizemos um filme! *Será que não há fim para seus pedidos, tirana*, MULHER TIRANA?
Houve uma arfada e risinhos fracos. Depois era como se ela tivesse que se recompor antes de voltar a falar.
– Eu folheei aquele livro.
– Ah, verdade?
– Verdade. E encontrei algumas escolas de cinema ali.
Levei um tempo surpreendentemente longo para chegar ao ponto do qual ela estava falando.

– Também encontrei algumas outras universidades com bons programas de cinema – falou ela.

Eu assentia estupidamente com a cabeça. Sabia que não podia questionar nada disso.

– Quero que você pegue seus filmes e se inscreva. O Earl também.

– Humm, tá.

– Essa é a única coisa que quero que vocês façam.

– Tá.

– Você pode fazer isso?

– É, claro.

– Você promete?

– É, prometo.

Capítulo 37

O FIM DAS NOSSAS VIDAS

Então. Finalmente estou chegando na parte em que a minha vida é arruinada pela minha mãe, e a vida do Earl também. Pegue um pouco de pipoca! Isso vai ser incrível. Vou esperar bem aqui.

Humm! Pipoca salgada, com manteiga.

Na verdade, vou fazer um pouco de pipoca também. Espera aí.

Merda, é do tipo diet. Isso é nojento. Tem gosto de forro de sofá.

Caralho.

Então fazendo *Rachel, o filme*, fiquei meio assim, muito atrasado, com as tarefas escolares. Eu já meio que contei isso para você, mas, durante *Rachel, o filme*, as coisas chegaram a um ponto meio constrangedor. Basicamente, eu estava tirando notas do nível dos caras das gangues, e os professores estavam começando a me puxar para o lado, depois da aula, e dizer que eu estava destruindo a minha própria vida. E, finalmente, no dia seguinte ao envio da única cópia do filme a Rachel, o sr. McCarthy ensaiou uma intervenção. Foi atrás dos meus pais, e os três concordaram que o sr. McCarthy poderia me manter depois da escola todos os dias durante horas para evitar que eu ficasse reprovado nas matérias.

Será que isso aconteceu com o Earl? Não. Earl tem aula onde você não falha, ponto. Não importam os deveres ou com que frequência você apareça. Você poderia pregar um animal morto no dever de casa e não ia ficar reprovado. Você poderia aparecer um dia e jogar sacos de droga e cocô na professora. Provavelmente apenas mandariam você para o gabinete do vice-diretor ou coisa assim.

Então, de uma hora para outra, eu estava fazendo as tarefas da escola o tempo todo, debaixo dos olhos atentos e absurdamente quietos do sr. McCarthy. Acho que, para falar a verdade, estou sendo obviamente terrível em cuidar da minha vida, portanto era bom saber que ela estava em boas mãos. Mas também era bom ter todas essas tarefas concretas para fazer e ficar meio distraído e consumido por elas. Isso evitou que eu pensasse sobre cada uma das coisas estranhas e deprimentes que estavam acontecendo naquela época.

Infelizmente, isso também evitava que eu percebesse que, de repente, minha mãe começou a se comportar de forma anormal.

Normalmente, quando eu fico em casa, ela gosta de fazer algumas checagens irritantes, pelo menos de hora em hora. As razões que a minha mãe pode usar para as checagens irritantes não têm fim.

- Só pra ver como vão as coisas...
- Só pra ver se você precisa de ajuda para alguma coisa...
- Só queria dizer que lá fora está um dia lindo e que talvez você devesse pensar em fazer um pouco de exercício...
- Só pra você saber que vou para a aula de spinning...
- Só pra você saber que voltei da aula de spinning...

- Só pra você saber que Gretchen está um pouco difícil neste momento, então, por favor, não provoque...
- Só fiquei pensando se você quer contrafilé para o jantar ou se você quer comer cordeiro, porque eu estava saindo para o Whole Foods, mas esqueci se você come cordeiro...
- Só tinha uma pergunta pra você, mas agora me esqueci qual era, então vou perguntar depois, a menos que talvez você soubesse qual era a pergunta, mas você provavelmente não sabe, então simplesmente vou voltar depois, então está tudo bem? Está? Querido, você precisa acender as luzes aqui ou vai acabar com seus olhos.

Por alguns dias, isso parou de um modo sem precedentes. Eu não ficava tanto tempo em casa, e então, quando ficava em casa, não havia checagens. Olhando para trás, eu realmente devia ter suspeitado de que alguma coisa estava acontecendo. Mas eu estava ocupado e, além disso, era provável que eu estivesse inconscientemente agradecido pela falta temporária das checagens irritantes e não queria me arriscar a desencadeá-las de novo.

O martelo caiu durante o oitavo tempo.

Uma coisa fantástica do oitavo tempo é que os encontros dos alunos do colégio sempre são marcados para este horário, mas Earl e eu nunca íamos. No entanto, pelo menos, em teoria, a presença era obrigatória para todo o colégio, e, por alguma razão, o sr. McCarthy foi um pé no saco em relação a este encontro.

— Me desculpe, pessoal — falou ele, em pé na entrada da porta enquanto a classe de história do nono ano caminhava para fora como bebês desorientados. — Eu ficaria muito encrencado se alguém encontrasse vocês aqui durante o encontro dos alunos.

Então, deixamos o almoço em cima da mesa e seguimos os alunos do nono ano até o auditório.

Na maioria dos encontros dos alunos, as baterias da banda marcial ficam no palco, tocando uma batida repetitiva, e talvez alguns dos atletas mais corajosos peguem um microfone e tentem criar letras com ele, até ficarem sexualmente explícitos demais ou, acidentalmente, falarem a palavra foda ou negão, e, a essa altura, o vice-diretor mandar calar a boca. No entanto, havia apenas uma tela imensa de projeção no palco, e nenhum baterista; apenas o diretor Stewart. Nós fomos uma das últimas turmas a chegar, por isso mal tivemos tempo de nos sentar quando o diretor Stewart pegou o microfone e falou.

O diretor Stewart é negro, assustador e gigante. Não tem outra maneira de dizer isso. Ele é extremamente autoritário e tem a expressão como a do Earl, tipo: estou puto. Ele nunca se dirigiu a mim, e eu tinha esperança de que fosse assim até eu me formar.

O jeito dele de discursar é difícil de descrever. Tem meio que um subtom raivoso em tudo que ele diz, mesmo quando as palavras não são raivosas, e ele faz muitas pausas. E, sem dúvida, ele parecia puto no encontro dos alunos.

– Estudantes e professores. Do colégio Benson. Bem-vindos. Estamos aqui. Para aplaudir os Troianos. Por uma vitória certa em cima de Allderdice. Hoje à noite, no campo de futebol.

Palmas e gritos, então o diretor Stewart encarou todos nós e, no mesmo instante, tudo parou.

– No entanto. Foi para uma *finalidade maior*. Que eu reuni a todos. Aqui. Nesta tarde. Vou falar brevemente.

Pausa longa.

— Um integrante da família Benson. Está lutando pela própria vida. Contra o câncer. Talvez vocês a conheçam. E, se não conhecem, com certeza ouviram falar. Seu nome. O nome dela é Rachel Kushner. Temos *tudo*. Mas. Uma hora ou outra... Rezemos. Por ela e pela família. Precisam disso.

A raiva meio que fez isso soar irônico, o que me fez rir baixinho. E então o diretor Stewart me encarou e eu estava com um sorriso patético congelado no rosto, e as palavras não podem descrever o terror que senti nesse momento.

— Mas dois estudantes. Foram além. Muito além. Eles passaram incontáveis horas. Produzindo um filme.

Ao meu lado, ouvi o Earl emitir um ruído abafado.

— Um filme para levantar o ânimo de Rachel. Um filme para lhe fazer companhia. E trazer esperança. E amor. Um filme para fazê-la rir. Para se sentir amada.

Eu queria me socar na cara a cada palavra que o diretor Stewart dizia.

— Eles não queriam. Que ninguém. Além de Rachel. Visse o filme. Fizeram isso para ela. Somente para ela. No entanto. Gestos de amor. Desta qualidade. Sem dúvida, valem a pena ser apreciados. E aplaudidos.

Um novo sentimento tomou conta de mim. Eu queria me socar nas *bolas*.

— Gregory Gaines. Earl Jackson. Por favor, subam ao palco.

Minhas pernas ficaram fracas. Eu não conseguia ficar em pé. A parte de trás da garganta tinha gosto de vômito. Earl tinha a expressão de um cadáver no rosto. Eu estava tentando desmaiar por vontade própria. Mas não consegui fazer isso.

O que tinha acontecido é que Denise encontrara o filme. Rachel tinha ligado e, aí, adormecera. E Denise entrou no quarto, encontrou o filme e assistiu. E então Denise compartilhou com a minha mãe. E minha mãe contou pra Denise que Earl e eu nunca deixamos ninguém ver. E Denise e mamãe decidiram que *todo mundo* deveria ver o filme. E, sem avisar a gente, elas foram atrás de alguns professores no colégio. E os professores assistiram. E o diretor Stewart assistiu. E agora falta pouco para todo mundo assistir.

No palco, enquanto as pessoas aplaudiam, indiferentes, o diretor Stewart batia com as palmas gigantescas nos nossos ombros, olhando para nós como se estivesse prestes a comer a nossa carne, e falou em voz baixinha:

– Estou muito comovido. Com o que vocês fizeram. Vocês são uma honra para este colégio. – Então nós três nos sentamos em cadeiras afastadas para o lado, e a cabeça gigantesca do Earl e a minha, de algum modo mais gigantesca ainda, apareceram na tela, e, durante vinte e oito minutos, todo mundo no Benson assistiu a *Rachel, o filme*.

Capítulo 38

O DIA SEGUINTE

Então. Se isso fosse um livro juvenil normal de ficção, esta seria a parte depois do filme, quando o colégio todo fica em pé e aplaude, e Earl e eu encontraríamos a Verdadeira Aceitação e começaríamos a Verdadeiramente Acreditar em Nós Mesmos, e Rachel, de alguma maneira, se recuperaria milagrosamente ou talvez morresse, mas nós Sempre a Agradeceríamos por nos Fazer Descobrir Nosso Talento Interior, e Madison seria minha namorada e eu esfregaria meu nariz nos peitos dela feito um filhotinho de panda sempre que quisesse.

Por isso a ficção é uma merda. Nada disso aconteceu. Ao contrário, praticamente tudo que eu temia (ou coisa pior até) aconteceu.

1. Meus colegas não gostaram tanto assim de Rachel, o filme.
Eles odiaram. Acharam estranho e confuso. Também acharam que eu os forçara a assistir, apesar do que o diretor Stewart falara. A maior parte dos alunos não estava prestando muita atenção ao discurso. Eles simplesmente apareceram no auditório, começaram a prestar atenção depois que apagaram as luzes e imaginaram que foi nossa ideia fazer todo mundo assistir ao estúpido filme. E como ele realmente é uma merda, eles odiaram. Earl

e eu tivemos que ver as reações do palco. Havia muita gente se mexendo no lugar, conversas entediadas, professores sibilando "Schh" e olhares hostis. Então não foi nada bom.

A pior parte foram os gritos ocasionais de ultraje. A tarântula giratória, por exemplo, fez com que algumas pessoas perdessem a paciência. "Isso não está certo!" "Isso é nojento." "POR QUE A GENTE TEM QUE VER ISSO?"

Na verdade, talvez fosse pior ver as reações das amigas de Rachel, Anna e Naomi. Ficou evidente que as duas odiaram. Naomi deixou claros seus sentimentos com uma imensa careta no rosto e ao revirar os olhos grosseiramente a cada dez segundos. E a questão era que eu nem podia culpá-la por isso. Anna foi pior, porque simplesmente parecia meio infeliz. E era confortada por Scott Mayhew, o cara que eu fingi que era um alienígena que vomitava. Eles estavam namorando. Scott passou a maior parte do tempo olhando de cara feia para mim, com o ódio gélido que sequer pisca, de um retardado gótico que sente que sua confiança foi traída. Acho que tive sorte por ele não ter uma espada.

Todos os professores alardearam que gostaram do filme, e isso: 1 – reflete negativamente em seu juízo artístico, e 2 – fez os alunos odiarem o filme ainda mais. Continuava sendo esfregado na cara de todo mundo que nós tínhamos feito este filme estúpido. Começou a parecer que a gente tinha feito o filme porque queria atenção. Claro que essa ideia me fez querer jogar insetos venenosos na minha cabeça.

Alguns dos chapados gostaram, e isso não me fez sentir melhor sobre nada. Dave Smeggers, por exemplo, me parou no corredor para dizer que achava que o filme era "profundo".

– Foi *engraçado*, cara – falou ele. – Você pegou a morte, tipo a morte de uma pessoa real, e tornou *engraçada*. Engraçada pra caramba! Fiquei impressionado.

Não parecia valer a pena dizer a ele que, para ser sincero, aquele não era nosso objetivo.

Madison disse que gostou, mas era óbvio que apenas estava sendo gentil. O pior foi quando ela disse que não tinha entendido tudo daquilo.

– Vocês são tão *criativos* – explicou ela, como se isso não nos permitisse fazer qualquer coisa esquisita, alienante e pouco criativa e forçar as pessoas a assistir.

Então todo mundo assistiu. Quase todo mundo odiou.

Nas palavras de Nizar, o Sírio Sinistro:

– Você quer brigar, eu brigo com você. Caralho, merda, porra.

2. Meus colegas agora têm toda razão para não gostarem de mim.

E então, nos dias imediatamente após a exibição de *Rachel, o filme*, minha função no ecossistema do Benson mudou mais uma vez, para pior. No começo do ano eu fora Greg Gaines, o cara que é casualmente amigo de todo mundo. Aí eu me tornei Greg Gaines, o possível namorado de uma garota entediante. Isso não era incrível? Nem era Greg Gaines, o cineasta. Mas agora eu era Greg Gaines, o cineasta que faz-filmes-experimentais-de-merda-e-obriga-você-a-assistir. Eu era um macaco solitário, pulando pelo chão da floresta. E também tinha um alvo imenso atrás da cabeça e um cartaz embaixo dele que dizia: "Aposto que você não acerta jogando o seu cocô!"

Eu nem conseguia mais falar com alguém no colégio. Não era capaz de falar com alguém sobre qualquer coisa que não tivesse a ver com o filme. De vez em quando, os garotos gritavam coisas para mim no corredor – frequentemente sobre a tarântula giratória, e eu acho que isso realmente passou a simbolizar o horror agressivo do filme – e eu era incapaz de inventar uma resposta bacana para aquilo. Ao contrário, eu apenas acelerava o passo. Era horrível.

Em termos de grupos sociais: os inteligentes me tratavam com pena descarada. Os riquinhos de uma hora para outra passaram a agir como se nunca tivessem me conhecido. Os atletas começaram a me perguntar quando eu ia fazer pornô gay. Os garotos do teatro (isso foi o pior) pareciam achar que, agora que eu tinha invadido o auditório deles, havia algum tipo de rivalidade artística tensa entre nós. E a maioria dos outros garotos apenas me tratava com uma mistura de desconfiança e desprezo.

Então, não foi nada incrível.

3. Earl e eu ficamos longe, muito longe um do outro.
Não tínhamos interesse em andar junto. Nenhum.

4. Eu tive meio que um surto e virei um eremita.
Para ser franco, sem dúvida eu não reagi bem ao que aconteceu. A exibição foi em dezembro e eu fui ao colégio durante mais uma semana depois disso, aí veio a semana antes das férias de inverno e meio que parei de ir ao colégio. Eu fui de bicicleta até o Home Depot e comprei uma tranca para a minha porta, preguei meio frouxa, com umas ferramentas elétricas, e me tranquei no quarto.

Desde a história do filme, a única pessoa com quem eu falava era o meu pai, e, mesmo assim, não queria realmente falar com ele, por isso nós mandávamos mensagens de texto um para o outro. Era esquisito.

"Filho, você vai ao colégio hoje?"

"Não"

"Por que não?"

"Tô doente"

"Devemos chamar um médico?"

"Não, só tenho que ficar sozinho"

"Então não é um braço quebrado ou coisa assim?"

"Por que eu ia ter um braço quebrado?"

"Você não sabe usar ferramentas elétricas! Kkkk"

"Nada de braço quebrado"

"Bem, fique à vontade para preparar seu almoço na cozinha. Vou estar no escritório, se precisar"

Eu soube depois que minha mãe ficou tão irritada com todo o fiasco que deixou meu pai convencê-la a ser mais relaxada comigo do que antes. Isso, claro, foi totalmente bem recebido por mim. Na verdade, a minha mãe finalmente saindo da minha vida foi a única coisa que evitou que eu tentasse correr até Buenos Aires.

Portanto, durante uma semana eu apenas fiquei no quarto e vi filmes. Primeiro, vi apenas bons filmes, na esperança de que eles me animassem, mas todos eles me lembravam de como eu era um cineasta horrível. Então eu vi uns filmes ruins, mas isso também não me animou. De vez em quando eu botava um DVD Gaines/Jackson e tinha que tirar depois de cinco minutos. Nossos filmes eram muito ruins. Simplesmente eram ruins. Não tínhamos equipamento nem atores. Éramos apenas garotos fazendo coisas constrangedoras de garotos. Eu assisti aos que eu achava que seriam melhores, e eram terríveis. *Star peaces. 2002. Cat-ablanca.* Horríveis. Uma abominação. Chatos, estúpidos, não dava pra ver.

E no terceiro dia eu surtei, peguei uma tesoura, cortei todos eles e joguei no lixo, e eu sabia na hora que não, isso não ia me fazer sentir melhor, mas, de qualquer forma, eu fiz, porque, foda-se.

Então eu me sentia mal como nunca me sentira quando meu pai ligou para o meu celular uma tarde e me disse que Rachel tinha voltado para o hospital.

Capítulo 39

O DIA SEGUINTE II

Denise estava lá quando cheguei no quarto da Rachel, e nós não tínhamos muito o que dizer um para o outro, portanto ficamos sentados lá, constrangidos, durante algum tempo. Eu sentia que devia sair, mas sabia que isso me faria sentir ainda pior. Rachel não estava acordada. Aparentemente, ela tinha pneumonia.

Eu realmente queria que a Rachel acordasse. Pensando agora, isso era estúpido e sem sentido porque eu não tinha o que dizer, só queria conversar com ela mais uma vez. Fiquei sentado ali, olhando para ela durante mais ou menos uma hora. O cabelo crespo desaparecera, e a boca estava fechada, então eu não conseguia ver seus dentes meio grandes. E os olhos estavam fechados, então eu também não podia vê-los. Aí você pensa que a pessoa deitada ali não parecia nem um pouco com a Rachel, mas, de alguma forma, parecia.

Na verdade, eu chorava o tempo todo, porque, por alguma razão, eu nunca tinha assimilado que ela ia morrer, e, agora, eu literalmente a via morrer, e, de alguma forma, aquilo era diferente.

Havia alguma coisa em relação ao fato de ela morrer que eu tinha entendido, mas que não tinha entendido *de verdade*, se você sabe o que eu quero dizer. Quer dizer, você pode saber que alguém está morrendo num nível intelectual, mas no emocional a ficha ainda não caiu, e quando cai, é aí que você se sente uma merda.

Então, como um idiota, eu não tinha entendido até estar sentado ali, observando-a realmente morrer, quando era tarde demais para dizer ou fazer alguma coisa. Eu não conseguia acreditar que eu tinha levado tanto tempo para compreender, mesmo que um pouquinho, aquilo. Era um ser humano, que estava morrendo. Essa foi a única vez que haveria alguém com *aqueles* olhos e *aquelas* orelhas, e *aquele* jeito de respirar através da boca e aquele jeito de puxar o ar imediatamente antes de uma risada monstruosa com as sobrancelhas totalmente levantadas e as narinas abanando um pouquinho; essa era a única vez que ia haver aquela pessoa vivendo no mundo, e agora estava quase acabando e eu não conseguia lidar com isso.

Eu estava pensando, também, que nós tínhamos feito um filme sobre uma coisa, a morte, da qual nós não sabíamos coisa alguma. Talvez Earl meio que soubesse de alguma coisa, mas eu não sabia absolutamente *nada* sobre isso. Além do que nós tínhamos feito um filme sobre uma garota que realmente não conhecíamos. Na verdade, nós não tínhamos feito o filme sobre ela. De jeito algum. Ela simplesmente estava morrendo, ali, e nós fizemos um filme sobre nós mesmos. Pegamos a garota e a usamos realmente para fazer um filme sobre *nós mesmos*, e simplesmente parecia muito estúpido e errado que eu não conseguisse parar de chorar. *Rachel, o filme* não é, em absoluto, sobre Rachel. Éramos muito ridiculamente arrogantes para tentar fazer um filme sobre ela.

Então fiquei sentado ali e durante todo o tempo eu tinha esse desejo louco de que Rachel acordasse e simplesmente me contasse tudo que ela tinha pensado, para que pudesse ficar registrado em algum lugar, para que não se perdesse. Eu me flagrei pensando: e se ela já tivesse tido o último pensamento, e se o cérebro dela não produzisse mais pensamentos conscientes? Isso era tão estranho que comecei a chorar muito alto. Eu soluçava com um barulho horrível, feito um elefante-marinho ou coisa assim, tipo: URNK, URNK, URNK.

Denise simplesmente ficou sentada ali, imóvel.

Ao mesmo tempo, e eu me odiava por isso, eu percebia como fazer o filme que deveria ter feito, que tinha que ser algo que guardasse o máximo da Rachel quanto fosse possível, onde, idealmente, nós teríamos uma câmera sobre ela durante toda a sua vida, e outra dentro de sua cabeça, e eu fiquei muito irritado e furioso com o fato de que isso era impossível, e que ela simplesmente seria *perdida*. Simplesmente como se ela nunca tivesse estado por aqui, dizendo coisas e rindo para as pessoas, com palavras favoritas que gostasse de usar e jeitos de torcer os dedos quando ficava nervosa e lembranças específicas que lampejavam em sua mente quando ela comia certo prato ou sentia determinado cheiro, eu não sei, como, talvez, madressilva a fizesse lembrar de um dia específico de verão no qual ela brincava com um amigo ou qualquer merda dessas, ou de como a chuva no para-brisa do carro da mãe costumava parecer dedos de alienígenas, ou *qualquer coisa assim*, e como se ela nunca tivesse tido fantasias com o idiota do Hugh Jackman ou visões de como seria a vida na faculdade, ou um modo único de pensar sobre o mundo que nunca seria articulado para ninguém. Tudo isso e muito mais que ela tinha pensado simplesmente ia se perder.

E o ponto de *Rachel, o filme* deveria ter sido expressar a merda terrível que seria a perda, que ela teria se tornado uma pessoa com uma vida longa e incrível se tivessem lhe permitido continuar a viver, e isso era apenas uma *perda* estúpida e sem sentido, apenas uma porra de *perda*, uma perda, perda, perda, porra de perda, não havia porra de sentido algum nisso, nada de bom poderia resultar disso, e eu fiquei sentado ali, pensando no filme e sabia que ele teria que ter uma cena em que eu perdia a cabeça no quarto do hospital e onde a mãe dela ficava sentada ali, sem dizer uma única palavra, com a expressão vazia de uma estátua, e eu me odiava por ter uma parte de mim fria e distante que pensava essas coisas, mas eu não conseguia evitar.

Em algum momento durante tudo isso, minha mãe entrou, e se você acha que era possível falar com toda aquela choradeira, você deve ser apenas estúpido.

Finalmente, tivemos que ir para o corredor, mas não antes de a minha mãe ter uma conversa bizarra com Denise, na qual ela abraçou seu corpo e falou coisas incoerentes enquanto Denise simplesmente ficava sentada ali, rígida.

Então eu e minha mãe nos sentamos em duas cadeiras genéricas institucionais no corredor e tentamos tirar aquele choro todo do nosso organismo, e finalmente eu consegui falar em breves soluços.

– Eu só q-queria que ela a-acordasse.
– Ah, querido.
– É uma b-bosta.
– Você a fez muito feliz.
– Se eu a f-fiz f-feliz, então por que ela n-não tenta lutar? Com mais vontade?
– É difícil demais. Querido. *Ninguém* consegue enfrentar algumas coisas.
– É uma *bosta*.
– A morte acontece pra todos.
– URNK.

E continuamos assim por mais ou menos uma hora. Eu vou poupar você do restante. No fim das contas, nós paramos de falar, e fez-se um longo silêncio enquanto gente como Gilbert era empurrada por aí na cadeira de rodas, e médicos e enfermeiras caminham apressadamente atrás deles.

Então minha mãe falou:
– Eu sinto muito.
Eu pensei que sabia do que ela estava falando.
– Ora, eu só queria que você tivesse me pedido primeiro.
– Eu *pedi* primeiro, mas acho que não dei muita opção.
– Mãe, do que é que você está falando? Você não me pediu primeiro.
– Será que estamos falando da mesma coisa?
– Estou falando daquele encontro idiota dos alunos.
– Ah.
– Do que é que você está falando?
– Pra começo de conversa, *eu estou* falando sobre fazer você passar um tempo com a Rachel.
– O encontro dos alunos foi muito pior.
– Eu não me sinto mal por isso. Eu me sinto mal por ter feito você lidar com algo tão difíc...
– Você não se sente mal pelo encontro dos alunos?
– Não. Mas eu me sinto mal por causa d...
– Foi um pesadelo. Foi literalmente um pesadelo.
– Se você *lamenta* que seu lindo filme tenha sido exibido para os seus colegas, então eu realmente não sei como responder a isso.
– Eu não consigo acreditar que você ainda ache que isso foi uma *boa ideia*. Em primeiro lugar, o...
– Algumas coisas...

– Posso só terminar?

– Primeiro, tem algumas...

– Posso apenas *terminar*? Mãe? Mãe, me deixa terminar. *Mãe. Minha nossa.*

Nós dois estávamos usando o movimento fluxo-ininterrupto-de-palavras da minha mãe, e acho que ela estava tão surpresa por eu usá-lo contra ela que, na verdade, diminuiu a velocidade e me deixou falar.

– Muito bem. O que foi?

– Mãe. Meus colegas odiaram o filme, e Earl e eu também não gostamos, pra falar a verdade. Não achamos que esteja muito bom. Na verdade, achamos que é um horror.

– Se você...

– Mãe, você tem que me deixar terminar.

– Muito bem.

– Não é um bom filme. Certo? Na verdade, é uma bosta. Porque... mãe, *caramba*... a gente estava cheio de boas intenções, mas isso não significa que a gente tenha feito um bom filme. Certo? Porque não é sobre a Rachel. De jeito algum. É só essa coisa constrangedora que mostra que nem mesmo compreendemos alguma coisa a respeito dela. E, além disso, você é minha mãe, então é ridiculamente parcial e não consegue entender que o filme, na verdade, é uma bosta e não faz sentido algum.

– Querido. Só é muito *criativo*. Ele...

– Só porque algo é esquisito e difícil de entender, não significa que seja *criativo*. E esse... esse é todo o problema. Se você quer fingir que algo é bom, mesmo que não seja, é aí que você usa essa palavra estúpida "criativo". O filme ficou uma bosta. Nossos colegas odiaram.

– Eles simplesmente não entenderam.

– Eles não entenderam porque nós fizemos um *filme de merda.*

– Querido.
– Se fosse bom, eles teriam gostado. Teriam entendido. E se fosse bom, talvez isso tivesse ajudado.

Ficamos em silêncio de novo. Alguém um pouco mais na frente parecia estar morrendo em voz bem alta. Não ajudava o clima nem um pouco.

– Ora, talvez você tenha razão.
– Eu *tenho* razão.
– Bem, eu sinto muito.
– Tá.
– O que você não compreende é que é difícil quando seus filhos começam a crescer – falou minha mãe e, de uma hora para outra, ela voltou a chorar, muito mais do que antes, e eu tive que confortá-la. Nós demos aquele abraço, e fisicamente foi extremamente complicado.

Semi-histérica e gritando, minha mãe enumerou alguns pontos:

- Sua amiga está morrendo.
- É muito difícil ver uma criança morrer.
- Mas o mais difícil é ver o seu filho ver a amiga morrer.
- Agora você toma suas próprias decisões.
- É difícil deixar você tomar as próprias decisões.
- Mas eu tenho que deixar você tomar as próprias decisões.
- Estou muito orgulhosa de você.
- Sua amiga está morrendo, e você tem sido forte.

Eu queria discutir parte dessas coisas. Eu não estava sendo nem um pouco forte e, com certeza, não me sentia como se tivesse feito algo do qual me orgulhasse. Mas, por alguma razão, eu sabia que não era hora de um episódio de *hora da modéstia excessiva*.

Nós saímos. Eu sabia que não voltaria a ver Rachel. Simplesmente sentia um tipo de vazio e exaustão. Minha mãe comprou sorvete de Kahlúa com *habaneros* e pólen de abelhas nele. O gosto era bom.

Foi então que eu soube que ia conseguir.

Capítulo 40

O DIA SEGUINTE III

As férias de inverno estavam quase no fim. Ainda não tinha nevado. Earl e eu estivemos no Thuyens's Saigon Flavor e foi a primeira vez que nos vimos desde que me tornei um eremita. O Thuyen's Saigon Flavor é aquele restaurante vietnamita em Lawrenceville que o sr. McCarthy recomendou no dia em que acidentalmente ficamos chapados. Pensei que era mais provável Earl querer me encontrar num local com comida bizarra e quase impossível de se comer.

Earl já estava lá quando cheguei. Eu suava muito debaixo do casaco de inverno porque tinha vindo de bicicleta da minha casa. Além disso, meus óculos estavam embaçados, então eu os tirei e apertei os olhos feito uma toupeira. Earl não acenou, então eu perambulei sem direção pelo restaurante até encontrá-lo. Ele mexia a tigela de sopa com ar melancólico.

– BEM-VINDO, BEM-VINDO – falou um objeto borrado que, provavelmente, era Thuyen, momentaneamente me apavorando.

– Oi – falei para Earl.
– E aí.
– Isso aí é *pho*?
– É.

— É bom?
— Tem uns tendões e merda dentro dela.
— Eca!
— O QUE VOCÊS QUEREM PEDIR? — falou Thuyen. Ele tinha mais ou menos a minha altura e formato de corpo e parecia desproporcionalmente feliz por estarmos ali.
— *Pho* — pedi.
— UM *PHO*! — berrou Thuyen, e se afastou pesadamente.
— Sem drogas para variar — resmungou Earl.

A música era um R&B extremamente suave e tocava meio alto. "Você é meu amor sexy" — um cara cantava baixinho. "A-a-mor s-e-exy."

— Então — falei. — Eu não sei se você soube, mas a Rachel morreu.
— Pois é, eu soube.
— Então, humm. Você pegou os DVDs que estavam com ela?
— Peguei — falou Earl, mexendo.
— Podemos fazer umas cópias deles?

Earl ergueu as sobrancelhas.

— Eu meio que surtei — falei. — Meio que tive este surto e, humm, arranhei todas as minhas cópias. Então eu não tenho mais cópias.

Earl olhou para mim com olhos meio esbugalhados.

— Eu *queimei* as minhas cópias — falou ele.
— Ah — emendei. Por alguma razão, isso não me surpreendeu tanto assim. Mas, provavelmente, eu deveria ter surtado quando ouvi.
— Pois é — falou ele. — Eu queimei numa lata de lixo.
— Acho que não tem mais cópias — falei.
— Você destruiu todas as suas? Elas não rodam mais?
— Pois é — falei.
— Droga — emendou Earl.

— Oooh, garota – baliu o cara do R&B. – Você me faz dizer Oooh-oooh-oooh.

Nós dois ficamos em silêncio por algum tempo. Então Earl comentou:

— Eu não pensei que você fosse destruir as suas cópias.

— Pois é – falei. – Eu meio que surtei. Não sei.

— Nem me *ocorreu* que você faria... uma coisa assim.

— Eu não devia ter feito – retruquei, mas Earl não parecia estar tentando fazer com que eu me sentisse mal. Ele apenas parecia espantado.

— UM *PHO*! – anunciou Thuyen, e apoiou a tigela sobre a mesa. Ela tinha um cheiro meio bom e meio nojento. Eu cheiraria e sentiria esse incrível cheiro de carne com alcaçuz adocicado por um tempo e, então, subitamente, sentiria esse outro cheiro, que era meio o cheio de um traseiro suado. Também havia um prato grande e complicado com folhas e frutas e brotos de feijão que lembravam esperma.

Eu estava tentando decidir o que ia comer primeiro quando Earl, de repente, falou:

— Cara, é uma boa coisa, porque eu não posso mais fazer filmes. Tenho que arrumar um emprego ou coisa assim. Tenho que ganhar dinheiro e sair da droga da casa da minha mãe.

— Ah, sério? – perguntei.

— Sério – respondeu Earl. – É hora de seguir em frente, cara. Não posso mais fazer isso.

— Que tipo de trabalho você está pensando em arrumar?

— Cara, não sei. Ser gerente da Wendy's ou uma merda dessas.

Tentamos comer. O caldo estava bom. As diversas partes de animais eram um pouco esquisitas demais para mim. Elas tinham uns calombos de massa e imensos pedaços de gordura e coisas assim. Também havia "bolas de carne". De jeito nenhum eu ia comer aquelas coisas.

Eu não sei por quê, mas falei:

— Provavelmente vou ficar reprovado em algumas matérias.

— Sério?

— Sério. Basicamente, parei de ir ao colégio.

— Sei, o McCarthy ficou puto.

— Bom, ele que vá à merda — falei, e aí, no mesmo instante, fiquei cheio de remorso.

— Não fala merda — observou Earl.

Eu não retruquei nada para isso.

— Você é burro, se ficar reprovado — emendou Earl. Ele não parecia zangado. Estava sendo objetivo. — Você é mais inteligente que isso, cara. Você tem que pensar na faculdade e na porra toda. Ter um emprego e tal.

— Eu estava pensando — falei — que talvez não quisesse ir para a faculdade. Talvez eu quisesse ir pra escola de cinema.

— O quê? Por causa da Rachel?

— Não. Ela comentou com você sobre a escola de cinema?

— Ela *me* obrigou a me inscrever. Eu imaginei que talvez ela obrigasse você também. Eu estava tipo: "Garota, você tá doida. Eu não tenho dinheiro pra nenhuma escola de cinema."

— Mas você podia ter uma bolsa.

— Ninguém vai me dar uma porra de bolsa — falou Earl, e finalmente comeu um pouco de macarrão.

— Por que não? — perguntei.

Meio ameaçador, com a boca cheia, Earl falou:

— É que simplesmente não vai *acontecer*.

Comemos um pouco mais. O cara do R&B cantava animadamente sobre como a garota o mantinha "ligadão". Thuyen cantava junto com a música, atrás do balcão de vidro com aparência frágil.

Por alguma razão, eu não conseguia parar de falar na história da escola de cinema.

— De qualquer jeito, é provável que eu me inscreva na escola de cinema – falei. – Então acho que vou precisar fazer uns filmes novos para isso.

Earl estava mastigando alguma coisa.

— Eu não sei se você quer me ajudar com isso... – falei.

Earl não olhou para mim. Após algum tempo ele completou, meio triste:

— Não posso mais *fazer* isso.

Então um tipo de alienígena espacial muito malvado ou estúpido tomou conta do meu cérebro e me fez dizer algo incrivelmente baixo.

— Mas provavelmente a Rachel gostaria – eu me ouvi dizer – que nós trabalhássemos juntos.

Earl me encarou durante algum tempo.

— Eu não sei de porra nenhuma, cara – falou, afinal. Ele era ríspido e triste ao mesmo tempo. – Odeio lembrar você disso. *Não* estou realmente lembrando você disso, mas estou apenas lhe falando. É a primeira... coisa *negativa* que aconteceu a você na sua vida. E você não pode reagir mal assim a isso e tomar decisões caras com base nisso. Eu estou *cercado* de parentes que fazem coisas estúpidas. Costumava achar que tinha que fazer as coisas para eles. Ainda *quero* fazer as merdas para eles. Mas você tem que viver a sua vida. Tem que cuidar da *própria vida* antes de começar a fazer as coisas por todos os outros.

Fiquei em silêncio porque isso era um ataque totalmente sem precedentes para ele. Quero dizer, era sem precedentes porque era muito pessoal. Ou talvez não fosse isso. Eu não sei. De um jeito ou de outro, eu fui silenciado por isso e, finalmente, isso fez com que ele falasse.

— Eu não quero *largar* a minha mãe – falou ele, no mesmo tom de voz de antes – naquela *casa*. Bebendo desde cedo até a noite e sempre on-line e tal. Não quero deixar o Derrick e o

Devin. São uma dupla de filhos da puta. Burros feito uma porta, cara. Olho em volta e ninguém tem uma família tão ruim quanto a minha. Ninguém mora numa porra de casa como a minha.

— Mas eu tenho que cuidar da *minha merda* — emendou. Acho que ele falava mais para si do que para mim naquela altura. Ele meio explicava, meio implorava. — Eles têm que resolver as próprias vidas até que eu possa ajudar. Amo a minha mãe, mas ela tem problemas com os quais eu não posso ajudar. Amo meus irmãos, mas eles precisam descobrir que eles têm que se resolver antes que eu possa ajudar. Caso contrário, apenas vão me arrastar com eles.

Era possível ficar meses sem me lembrar que Earl tinha mãe. Era realmente perturbador ouvir sobre ela, por alguma razão. Eu nem tinha uma imagem dela na mente. Ela era esse tipo de mulher baixinha de aparência cansada com grandes olhos e um tipo de sorriso sonhador o tempo todo.

De qualquer forma, Earl parecia mais feliz por ter dito tudo isso. Aí ele me notou como se tivesse esquecido que eu estava lá.

— É a mesma coisa com você e com a Rachel, só que ela está morta, então não tem importância o que você fizer para ela. Você tem que fazer o que é bom para você. Tem que se *formar*, filho. Se formar, ir para a faculdade, arrumar um emprego. Não podemos mais fazer isso.

Isso era simultaneamente incrível e deprimente. Fosse o que fosse, Earl na verdade estava de bom humor.

— Pro inferno se os vietnamitas até pensam em pôr um pouco desta merda na sopa — falou ele. — Olha para essa porcaria. Parece o saco de alguém aqui.

Sem aviso, era hora do modo nojento. Eu não me sentia preparado, mas fiz o meu melhor.

– Isso é um saco? Não é o cu?

– Essa merda enrugadinha? Saco. Eu *acho*. Dá uma olhada no cardápio.

– E essa coisa com franjas?

– *Isso* poderia ser o cu. Você pediu o grande? O grande tinha cu, saco, piroca *sautée* e, humm, provavelmente você pegou os peitinhos peludos de cabrita flutuando por aí.

– É. É o grande.

– Peitinhos de cabrita são antioxidantes.

– Estou atrás da piroca. Não estou vendo a piroca.

– Parece que você não pegou nenhuma.

– Isso é um ultraje. Não tem piroca na minha sopa. Estou puto da vida com isso.

– Com certeza eu tive uns pedaços generosos de piroca finamente salteada na minha sopa.

Eu meio que fiquei paralisado e não consegui acrescentar coisa alguma depois de um tempo.

– Não se irrite, filho – completou Earl para me tranquilizar. – Eu já fiz melhores também.

EPÍLOGO

Então é junho e acabei de escrever sobre tudo isso. Em primeiro lugar: obrigado, meu Deus, pelo fim do livro. Além disso, provavelmente posso apenas escrever o que quiser nesta página, porque não tem jeito de vocês chegarem ao fim, porque este livro é uma desgraça da língua inglesa. De *todas* as línguas. Eles deveriam retirar os meus privilégios linguísticos. Mas, nesse meio-tempo, eu posso escrever o que eu quiser. Por exemplo: o pênis do Will Carruthers é basicamente um umbigo. Foda-se, Will Carruthers. Não ligo mais pra ser seu amigo.

Então, como você provavelmente sabe, eu entrei na Pitt, mas aí fui suspenso quando me reprovaram no primeiro semestre em inglês XII, cálculo I, biologia II e educação física. E meu pai achou que talvez fizesse diferença se eu explicasse ao pessoal da admissão por que eu tinha sido reprovado nessas disciplinas. Meu pai ficava usando por aí a palavra "luto", que soa muito como se eu estivesse puto. Minha mãe achou que eu deveria exibir *Rachel, o filme* para vocês, da Pitt, e talvez fosse um sinal de maturidade o fato de que esta sugestão não me fizesse fingir de morto nem por uns cinco segundos. Aí meus pais sugeriram que eu fizesse algum tipo de filme para a consideração do pessoal da admissão, mas depois de *Rachel, o filme*, e depois que descobri que Earl estava de saco cheio de fazer filmes, me aposentei para sempre.

Mas eu pensei sobre isso e parecia que devia tentar explicar a mim mesmo, de alguma forma. E não tenho nada para fazer neste verão além de frequentar essas aulas estúpidas de maquiagem. E descobrir que qualquer um pode escrever um livro. Por isso, escrevi este livro para vocês, o pessoal da admissão da Pitt. Na pior das hipóteses, deveria provar que, na verdade, *nem* todo mundo pode escrever um livro, a menos que a gente esteja falando de um livro que vai bater o recorde de vazio, então, no mínimo, este é um bom livro.

Mas agora que já escrevi, fica bem óbvio que este livro não vai fazer vocês mudarem de ideia. Quer dizer, se ele *fizer* isso e vocês decidirem me readmitir, então vocês todos deviam ser demitidos, porque tudo o que eu realmente demonstrei é que sou um filho da puta que não sente emoções adequadas e não pode viver uma vida humana normal.

Além disso, acho que, em algum momento, insultei a escola de vocês chamando-a de uma irmã maior e mais burra da Carnegie Mellon.

Mas escrevendo esta página neste exato minuto, acabei percebendo que eu deveria me desaposentar como cineasta. Então, se vocês ainda quiserem me aceitar, vai ser ótimo. Mas saibam que provavelmente eu vou sair um ano depois de entrar. Por isso vou começar a fazer filmes agora. Talvez eu tente botar atores neles.

Eu também tive um tipo de percepção sobre mim mesmo e poderia muito bem compartilhar porque ninguém vai ler isso. Eu me odeio, e odeio tudo o que eu faço. Mas isso não é totalmente verdade. Na maior parte do tempo eu só odeio todas as pessoas que já *fui*. Pra falar a verdade, estou na boa comigo agora. Sinto que há uma boa chance de fazer um filme realmente bom. Um dia. Provavelmente em seis meses vou ter mudado de ideia a respeito disso, mas dane-se. É apenas parte da montanha-russa recheada de ação que é a vida de Greg S. Gaines.

(E, por favor, me deixem dizer isso também: apenas porque me desaposentei não quer dizer que eu vou fazer deste livro um filme. De jeito nenhum isso vai acontecer. Quando você converte um bom livro em filme, coisas idiotas acontecem. Deus sabe o que aconteceria se você tentasse converter este festival ininterrupto de vômito em um filme. O FBI provavelmente teria que se envolver. Há uma chance de vocês considerarem isso como um ato de terrorismo.)

Vou surtar rapidamente aqui por causa da Madison Hartner. No fim das contas, ela não namorava ninguém dos Pittsburgh Steelers, nem mesmo um universitário. Duas semanas antes do fim das aulas, ela começou a sair com *Allan McCormick*. Ele é um retardado gótico baixinho e magricelo com pele pior do que a minha, e braços e pernas curtos e esquisitos, além de uma cara grande e macilenta que não combina com o restante do corpo. Na verdade, acho que ele nem é mais um retardado gótico. Em fevereiro, parou de jogar Magic Cards pela manhã, com o Scott Mayhew, e passou para garoto inteligente normal. Mas ainda assim. *No fim das contas*, a Madison Hartner não tem mesmo nenhum padrão de namorado.

Então acho que, o tempo todo, havia uma chance de eu ter ficado com ela, se eu tivesse passado mais tempo na cafeteria e menos tempo no gabinete do sr. McCarthy.

Embora, pensando bem, não há meio de isso ser verdade.

E, por falar no sr. McCarthy, no fim das contas, ele não é maconheiro nem põe maconha na própria sopa. Quando ficamos chapados, foi por causa dos biscoitos que Earl levou para almoçar na escola, aquele dia. A namorada de Maxwell, na época, fez os biscoitos para ele e todos continham uma quantidade excessiva de erva. Earl descobriu isso meses depois do ocorrido, quando ele e Maxwell estavam casualmente se espancando.

Isso era tranquilizador. Além do mais, se encaixava com o que eu sabia sobre o mundo das drogas. Porque, pra falar a verdade, um professor que fica chapado literalmente o tempo todo não seria interessante, imprevisível, nem se interessaria pelos fatos como o sr. McCarthy. Em vez disso, o professor estaria comendo coisas constantemente e aí não conseguiria formular frases inteligíveis.

Quanto ao Earl, saímos algumas vezes desde o Thuyen's Saigon Flavor. Agora ele trabalha na Wendy's. Ele é baixinho demais para ficar na caixa registradora e isso o deixa com raiva. Ele ainda mora em casa, mas está economizando para ter o próprio apartamento.

É estranho sair e não fazer os filmes. Em vez disso, ficamos sentados e falamos sobre as nossas vidas. Eu o conheci melhor durante os últimos poucos meses do que durante os anos em que fizemos os filmes Gaines/Jackson, e me permitam lhes dizer: Earl é porra-louca.

Em segredo, tenho uma esperança, que eu sei que é uma idiotice, que eu vou sair da escola de cinema e fazer um filme de muito sucesso na mesma hora e ser capaz de abrir uma empresa de produção e contratar Earl como vice-presidente. Mas, com certeza, isso não vai acontecer. Na verdade, se um dia nós voltarmos a trabalhar juntos, é mais provável que seja na Wendy's. Eu não consigo acreditar que acabo de digitar isso. É a coisa mais deprimente que já digitei na vida. Mas provavelmente é a verdade.

Acho que quero escrever mais uma coisa sobre a Rachel. Ela morreu umas dez horas depois que eu e minha mãe deixamos o hospital. Ela teve um serviço funerário judaico esquisito na nossa sinagoga, e ninguém, graças a Deus, me pediu para falar, e não mostraram o filme que fizemos. Rachel foi cremada e as cinzas espalhadas no Frick Park, onde, aparentemente, ela adorava ir quando era criança. Ela fugiu para lá uma vez, aos 7 anos... não porque estivesse tentando fugir de casa, mas, parece, porque queria viver na mata e ser um esquilo.

Era estranho aprender algo novo sobre ela, mesmo após sua morte. Por alguma razão, era tranquilizador também. Eu não sei por quê.

Talvez eu devesse tentar botá-la no próximo filme. Não sei. Sinceramente? Não sei de que merda estou falando.

AGRADECIMENTOS

Este livrinho esquisito teve muitas parteiras, parteiras demais para agradecer aqui. Mas quero dar um muito obrigado explícito e impossível de exagerar a Maggie Lehrman, editora e amiga, que me deu uma orientação soberba, e soberbamente modulada, da concepção à conclusão, e sem a qual este livro – muito literalmente – não existiria. Agradeço a Matt Hudson, meu primeiro agente e também meu amigo, que, por alguma razão, foi capaz de interessar muitas pessoas importantes com um manuscrito profano sobre garotos que homenageiam Werner Herzog e uma garota com câncer. Eu quero agradecer a meus pais, irmãs e à minha avó antecipadamente pelas vezes em que terão que ouvir a pergunta: "Então, essa é a sua família?" (Não, não é.) Finalmente, agradeço a Tamara, que adora este livro e a quem eu adoro.

Este livro foi impresso na Intergraf Ind. Gráfica Eireli.
Rua André Rosa Coppini, 90 – São Bernardo do Campo – SP
para a Editora Rocco Ltda.